我父母 的 灵魂 在雨中 升 腾

El espíritu de mis padres
sigue subiendo
en la lluvia

〔阿根廷〕帕特里西奥·普隆 著

苑雨舒 译

南海出版公司

新经典文化股份有限公司
www.readinglife.com
出　品

他们将所有年轻人尽数屠戮。

谋杀业已持续半个世纪，日日往复。

他们捕捉青年，再开杀戒。

杀戮现在就在进行，就在此时此刻，遍布世界各处。

他们将所有年轻人尽数屠戮。

成千上万种杀人的方式他们通通领悟。

还在发明新的办法，年年如故。

——王红公[①]

《汝等不可杀人：

纪念狄兰·托马斯》

第一部分

　　归根究底，我能够贡献的东西就只有我所见的真实故事，以及我曾如何见证了它。

——杰克·凯鲁亚克

1

从二〇〇〇年三四月份起到二〇〇八年八月的八年时间里，我四海漂泊，笔耕不辍，也曾旅居德国。由于服用某些药物，我几乎失去了全部记忆。因此，对于那几年，或者至少对于那八年中的大约九十五个月，我的记忆极其模糊，仿佛只剩下一个大致框架。我记得自己曾经在两栋房子里住过，还记得其中的房间；我记得自己费劲地在积雪中开出一条从家通向主街的路，雪渗进了我的鞋子；我记得那之后我撒了盐，雪慢慢变成棕色，然后开始融化；我记得去一位精神科医生那里看病，记得他诊所的大门，却不记得他的名字，也不记得我是怎么找到他的。那位医生微微有些秃顶，每次去的时候他总会给我称体重，我想应该差不多一个月一次吧。每次医生都会问我最近感觉怎么样，然后给我称体重，再给我开更多的药。离开那座我旅居几年的德国城市后，我故地重游，重新找到了那位精神科医生的诊所。诊所所在的那栋大楼门牌上写着住户的名字，医生的姓名就位列其中。但那不过是一个名字，无法解释为什么我会去找他看病，为什么每次我去的时候他总会给我称体重，更无法解释为什么我的记忆会变成这样，变得好像经过了一番大清洗，消失得一干二净。那次我对自己说，我可以敲开医生的门，问问他为什么我会找他看病，以及那几年间我身上到底发生了什么，但是后来我又想，我应该提前预约一下，那位医生不可能仍把我的事记得一清二楚，而且，我对自己其实也并没有那么强烈的好奇心。或许有一天，我的儿子会想知道他的父亲究竟是个什么样的人，他的父亲在德国的那八年里究竟做了什么。也许我的儿子会来到这座城市，走遍每一个角落，也许依照父亲留下的指示，他就能够找到这家精神病诊所，把所有的故事调查得水落石出。我想，也许到了某一天，某个特别的时刻，儿女就会产生一种了解父母到底是什么样的人的需求，这时他们就会去调查父母的往昔。孩子是挖掘父母真实一面的侦探。父母放开双手将孩子抛向广阔天地，为的就是有一天儿女再度回到他们身边时，能够将那过往向父母娓娓道来，并真正理解当年的故事。孩子不是法官，他们根本无法公正地评判父母曾经的作为，因为儿女的一切都是拜父母所赐，包括生命，但是孩子可以试着整理父母的经历，重新构筑似乎已被生活中的琐事不断剥夺的感知，而后孩子会小心保护好这些往事，并将其永远铭刻在自己的记忆中。孩子是保护父母的警察，尽管我自己对警察毫无好感。警察和我家向来无法好好相处。

2

在我失忆的最后一段时间，也就是二○○八年八月的时候，我的父亲病倒了。有一天，我记得好像是奶奶生日那天，我给她打了个电话。奶奶告诉我，我父亲只是被送到医院进行日常健康管理，让我不要担心。我问奶奶她说的是什么意思。"日常健康管理，没什么大事，"奶奶回答道，"我也不知道为什么拖这么久，但是真的没什么大事。"我问父亲住院多长时间了，她回答说两三天吧。挂断奶奶的电话后，我又往父母家打了电话，家里没人，于是我给妹妹打电话。电话中妹妹的声音恍若从时光深处传来，是那种在医院的走廊上等待消息之人都会有的声音，听上去既困倦，又疲惫，还充满绝望。"我们不想让你担心。"妹妹说道。我问她到底发生了什么。"那个，"妹妹回答道，"事情太复杂了，现在一时半会儿和你说不清楚。"我问我可以直接和父亲说话吗，妹妹回答说："不，他现在说不了话。""我马上就来。"我说着，挂断了电话。

4 ①

我和父亲已经有一段时间没有说过话了。倒不是有什么恩怨，只是每次我想和他聊聊的时候电话往往不在手边，他每次想找我谈谈的时候也总找不到能打电话的地方。父亲生病的几个月前，我刚刚离开在德国城市租的房子，辗转于我认识的朋友之间，睡在他们家的沙发上。这么做并不是因为我缺钱，而是我不愿意负责。我想，如果住在别人家，没有房子，诸多麻烦负担就再也与我无关，可以把一切抛诸脑后。说实话，这样真的不赖，只不过这样的生活让我不能拥有太多东西，所以我将自己的藏书和来到德国后买的为数不多的东西都一点一点处理掉了。衣

———————————

① 原文分章如此，因主人公的记忆呈现非连续状态。后同。

服大都不要了，只留下几件衬衣，因为我发现，当一个人无处可住时，一件干净的衬衫能够敲开一扇门。一般来讲，我住在某人家里的时候，都是早晨一边洗澡一边手洗衣服，然后去到我工作的那所大学，把洗好的衣服晾在文学系图书馆放书的格子柜里，或者铺在公园的草地上，自己也躺在那里打发白日的时光，只等天色渐晚，我再去寻找一位热情好客的男士或者女士，在他们家里的沙发上度过一夜。我，只不过，是个过客。

/ 5 /

有时晚上我睡不着觉。每当失眠的时候，我就从沙发上起来，走向主人家的书柜。每户人家的书柜总是各不相同，但有一点没有差异：每家的书柜都无一例外地放在沙发旁边。沙发这种家具，让人躺在上面永远没办法舒展开，却也不能端端正正地坐好，但主人就是喜欢把书柜放在沙发边上，仿佛只有在这既不方便又不舒服的地方才能够好好地把书读进去。于是，我总是会看看那些书，想想自己以前是否读过。我一本一本地看，一本一本地想，中间毫不停顿，但一切在我心中从未引起丝毫波澜。从前，当我还是个贫困少年，住在那个贫困国家的贫困城市的贫民窟里时，曾读过一些作品，那些作家隶属于一个边界模糊的虚构共和国，他们身在其中，又同时在纽约、伦敦、柏林或是布宜诺斯艾利斯书写它的故事，而那时的我也愚蠢地坚持着自己的理念，想象着把自己变成那个虚幻国度里的一员，可我从来不属于那个世界。那些作家现在已经与世长辞，我借住过的这些人家的书柜里也几乎从来没有他们的作品。曾经我也梦想像他们一样，而这样的决心、这种心灵的向往残存下来的唯一遗迹，只有这趟德国之旅：我钟爱的那些作家曾经在这里生活，在这里离世，更重要的是，曾经在这里写作。另外，也是在这里，曾经诞生了一种作品数量不多却化为我的牢笼的文学：这也是每一个垂死的作家，或者更准确地说，每一个垂死又毫无建树的阿根廷作家的噩梦。什么叫毫无建树的阿根廷作家？就是一个创作不出《阿莱夫》这样足以影响整个阿根廷文学的传世大作，而仅仅能写出《英雄与坟墓》这样蹩脚作品的作家；一个终其一生都以为自己天赋异禀、举足轻重又德高望重，而到了生命的最后时刻才恍然，发现自己不过是一个才疏学浅的写匠，一个举止荒唐的人，一个曾与独裁者共进午餐的人，于是他觉得羞愧难当，又期望自己国家的文学水平都与他那部可怜的作品相当，由此尚能保有一两个追随者，以显得这一生的创作不算徒劳无功。好吧，我曾经就是一个只能写出这种不入流作品的作家。每当想到这里，我脑海中就仿佛出现曾经看过的一部墨西哥电影里的场景，一个老人在大喊"龙卷风！龙卷风来了！"，宣告着马上就要到来的坏天气。不过该来的还是继续要来，我能做的只有紧紧抓住仍未倒下的大树的树干，全力抵抗龙卷风。我放下笔，不再写作，完全不再写作，也不再阅读，只能看看书是什么样的。有了这些书，我才能有家的概念，只有它们能被勉强称作"我的家"。在我服药期间，每天的生活都如白日梦一般虚妄，一切都如此陌生。我想不起来，也根本不想记起来，家，到底是个什么见鬼的东西。

/6/

小时候，有一次我请求母亲给我买一盒玩具。那时，年幼的我并不知道这盒玩具是德国生产的，它的产地离成年的我要居住的城市不远。盒里有几个玩偶：一位成年女子、一辆购物推车、两个小男孩、一个小女孩和一条小狗，却没有成年男性。这套玩具应该是要表现一个家庭

（也确实是一个家庭），可是这个家并不完整。自然，那时我什么也不懂，却非常希望母亲能给我一个家，哪怕是一个玩具的家也可以，而母亲给我的却只是一个破碎的家，一个没有父亲的家——现实重演——一个无所庇护的家。我找了一个罗马战士的玩偶，脱掉他身上的铠甲，把他变成了这个玩具家庭里的父亲。之后我也不知道要怎么玩，因为我根本不知道在一个正常的家庭里究竟会发生什么。最后，母亲给我买的这个"家"被遗忘在衣柜深处。我猜，在衣柜里，这五个玩具小人互相看着彼此，耸起它们小小的玩具肩膀，不知道自己到底要扮演什么角色，如同被迫面对一个文物和遗址尚未被考古学家发现、语言也尚未被解读的古老文明，他们一头雾水，不知如何是好。

/ 7 /

在我父母、我还有我的弟弟妹妹身上发生过的一系列事情，使用我永远都无法理解什么是家，什么是家庭，尽管种种迹象都表明，我曾经拥有一个可以居住的家，也拥有一个完整的家庭。我曾多次试图弄明白到底发生了什么，但是到了在德国的时候，我已经放弃了尝试。这种感觉仿佛是遭遇了一场交通事故，却什么也不记得了，只能接受事故带来的影响。父母和我就遭遇过一场这样的事故：有什么东西突然间出现在我们开车经过的路上，我们的车被撞飞出去，打了好几个滚，冲出了主干道；而我们却完全不记得发生了什么，漫无目地在田地里游荡，大脑一片空白，唯一能把我们联系在一起的只有这次共同的车祸。我们的背后是一辆翻倒在乡间道路旁的水沟里的汽车，车座和草地上是大片大片的血迹，但是我们谁也不愿意回头去看背后的惨状。

9

在飞回国去看望父亲的途中，我的内心百感交集。我不知道这种情绪到底是什么，但我感到恶心、恐惧又无比悲伤。伴随着这些感觉，我努力回想和父亲相关的记忆。能记起来的事情并不多：我想起了父亲建造我家房子的场景；想起了父亲从某家报社下班后回家，身上有纸张和钥匙的回响，还带着烟草的味道；想起了父亲有一次拥抱母亲的样子，还有时常发生的父亲手里捧着一本书就睡着了的情形，等父亲睡着了，书就从他手中滑落，盖住他的脸，打仗的时候，人们会用报纸盖住大街上尸首的脸，所以睡着了的、脸上盖着书的父亲的模样与那些死者别无二致。记忆中的他也常常在开车，目视前方，眉头紧锁，观察前方的公路是直行还是要拐弯。他开着车带我们经过圣达菲省、科尔多瓦省、拉里奥哈省、卡塔马尔卡省、恩特雷里奥斯省和布宜诺斯艾利斯省，去领略这些地方的美丽，而那时，我总觉得这些美丽遥不可及。父亲一直想让我们真正明白，我们在学校里学过的那些标志究竟有什么意义。我就读的那所学校里依旧推行着独裁时代的古老价值观，像我一样的孩子们还是用着母亲给买来的塑料模板画画。那是一块带有镂空图案的塑料板，用铅笔沿着上面的线条拓画，我们就能画出那些图案。老师会告诉我们，这个房子在图库曼，那个大楼在布宜诺斯艾利斯，我们也能画出花结，还有蓝白色的旗子——最后这个我们都已经无比熟悉了，因为这就是我们的祖国阿根廷的国旗。之前我们已经无数次地看见过国旗，尽管看到它的那些场合并不属于我们，也早已超出了我们的掌控。这样的场合与我们根本无关，我们也不想和它们扯上任何关系：无论是独裁，是足球世界杯，是一场战争，还是一个打着为了我们所有人、为了国家谋求公正的名义但实际上让社会更加不公正的失职的民主政府。在父亲和其他人的心目中，这本该是一个将且必将属于我和我的兄弟姐妹的国度。

/ 10 /

我还记得其他一些事情。但是，把这些回忆融合在一起让我更加确定，那些往事全都只是巧合。很多人觉得这些巧合没什么文学价值，想来可能确实是这样：父亲的记性一直很差。他常说他的脑袋就像筛子一样，还预言说我也会像他一样健忘，因为记性这个东西是流淌在血脉中代代相传的。父亲能记得住几十年前的陈年旧事，却能把昨天刚发生的事情忘得一干二净，他的人生犹如一条崎岖不平、充满障碍的道路。他那些数不清的经历有些让我们忍不住捧腹大笑，而另一些却让人笑不出来。有一天，父亲给家里打电话，问自家的地址是什么。我不记得是母亲还是我们兄妹几人中的哪一个接起了电话，一接电话，里面便响起了父亲的声音。他问道："我住哪里来着？""你说什么？"不管是母亲、弟弟妹妹还是我自己，反正电话这边的人这样问他。父亲再一次问我们："我说，我住哪里来着？"对话的另一方——不管是母亲、弟弟妹妹还是我本人——告诉了他地址；之后，等他又若无其事地坐在桌前看着报纸时，他好像全然忘记了之前的事情。还有一次，有人按门铃，父亲正好经过，抓起厨房里的对讲话筒问是谁在敲门。"我们是耶和华的见证者。"他们说。父亲问他们："什么见证者？""耶和华的。"门外的人回答道。父亲又问道："有什么事？""我们是来向您传达上帝的箴言"。父亲又问："谁的？"外面的人回答说："上帝的，上帝的箴言。""不必了，上个礼拜已经有人向我传达过了。"父亲回答道，然后挂断了通话。那时我就在他旁边，困惑地看着他，而父亲连看都没看我一眼，径直走向母亲，问她报纸在哪里。母亲对他说："在炉子上。"但母亲和我都没有告诉他，几分钟前把报纸放在炉子上的就是他自己。

/ *11* /

有时我会觉得，记性差只不过是父亲的一个借口，以此摆脱日常生活中那些他不喜欢的、鸡毛蒜皮的琐事，不管是过生日、过纪念日还是买东西，只要是他不愿意做的事，就都推给母亲。我也曾想过，父亲记性这么不好，就算给自己准备一个备忘录，恐怕也是到了第二天，前一天写着要做什么的那几张纸就会不翼而飞，或是时刻燃着火苗准备付之一炬，好像纵火犯的秘密日记一样。我一直觉得，健忘其实是父亲用来蒙骗我们的一个谎言，其实都是他的借口，用来摆脱那些自己无法承受的事情。这些事情里包括他的孩子，也就是我和我的弟弟妹妹，也包括一段我仅仅略知一二的过往：他在小村庄里度过的童年，他被迫中断的政治生涯，还有他当那些记者的岁月——活像那种拳击运动员，倒在围栏帆布绳上的时间比站着打拳的时间还要长。他从政的那段经历我一无所知，可能也根本不想知道。因为这些都不会让我对他到底是一个什么样的人产生疑问，也从未让我想到他曾经坠入过什么样的无底深渊，又如何伸着舌头、气喘吁吁地奋力爬出来，盼望着能再给自己多争取一点时间。可是，和妹妹聊过之后，我明白父亲好像有些难言之隐，也许他的健忘并不是装的。我还觉得，这件事我发现得太晚了，对我和父亲来说都太晚了。虽然这么说让我十分难过，但世上的事情总是这样，太多的事情总是姗姗来迟，人生总是充满了遗憾。

其实我还记起了另一个片段，不过，这不是那种从经历过的事情中提取出来、固定在脑海中的直接记忆，而是在父母家中，从一张照片中看到的模糊不清的间接回忆。照片中，父亲和我一起坐在一堵小小的石墙上，身后是一道深深的悬崖，再往后是大山和小丘。尽管是一张黑白照片，但是一看到它，就能想象出画面里的绿色、红色和棕色。父亲和我是这样在墙上坐的：他侧着身，双臂交叉；我背对着悬崖，双手放在大腿下面。仔细看这张照片的人都会发现，这张照片里隐约有着一种戏剧化的紧张感。这种感觉并非来自风景——尽管风景会带来紧张感这种想法本身就很戏剧化——而是来自我们父子间的关系：父亲看向风景，而我却看向他。透过我的眼神能看出，我在对他发出具体的恳求，求他关注我，把我从墙上抱下来，不要让我的双腿悬空，把我踏踏实实地放到地上，因为我觉得这堵墙随时可能倒塌，我会随之跌进深渊里（虽然有点夸张，但要知道我那时还不过是个小孩子，这种想法实属难免）。照片里，父亲并没有看我，没有注意正在望向他的我，没有察觉我只能以这种方式发出的哀求，两个人仿佛受到诅咒一般，无论如何都听不懂对方说的话，更无法看到对方。照片里，父亲的发型和长大以后的我的发型一模一样，身形也和未来的我毫无差别。我们爬上这座不知名的山峰，不知道是谁当时给我们拍了这张照片，也许是我的母亲。不过现在，我的年纪已经比照片中的父亲还要大了。在飞机上时我想，也许那时，一九八三年或一九八四年左右，在拉里奥哈省的那座山里，他也在害怕着我，他也感受到了我所感受到的恐惧。当我坐飞机回到那个属于父亲，而父亲希望也属于我的国家时，我觉得自己面对的深渊和当年照片上我们身后的那个一模一样。然而，那时我还不知道，对于恐惧，父亲了解的比我能想象的多得多，他的一生都与恐惧为伴，一直奋力与恐惧搏斗。而最终，像所有人一样，父亲默默地输掉了那场属于他自己和他那整整一代人的战争。

13

我有八年没有回过这个国家了，可当飞机降落在机场，吐出我们这些乘客时，我感觉自己离开这片故土的时间比实际的还要长。有一次我发现，在游乐园里坐过山车或类似游乐设施时，时间好像格外漫长，比站在下面看着坐过山车里的人紧紧抓住扶手大喊时要漫长得多。走下飞机的那一刻，我感觉，阿根廷整个国家都好像坐在过山车上，还在大头朝下地转圈，就好像过山车管理员疯了，或者抛下大家跑去休息吃午饭了一样。我看到衰老的青年，身上穿的衣服既崭新又陈旧。我看到一张蓝色的粗麻地毯，好像是全新的，从未使用过，但又仿佛因为被人踩过而显得又脏又旧。我看到装着黄色玻璃窗的小亭子，里面的警察年轻又衰老，用不信任的目光审视着旅客的护照，给一些人盖章放行，让另一些人无法通行。我甚至觉得，连被警察还回来的护照都变得陈旧不堪，仿佛成了一株枯死而再也没办法回生的植物。我看见一个穿着迷你裙的年轻姑娘，给来来往往的行人分发一种牛奶夹心饼干，饼干和夹心上仿佛都飞扬着陈年的灰尘。姑娘问我："您想来一块小饼干尝尝吗？"我摇摇头，拒绝了，径直朝着出口跑去。走出机场时，好像有一名球员拖着肥胖而衰老的躯体经过我身边，身后跟着十多名记者和摄影师。他穿着一件T恤衫，上面印着自己年轻时的照片。他的便便大腹让照片严重变形，里面的人有一条腿粗得不像样，身子被弯曲、拉长，其中一只手巨大无比。那张照片拍摄于某年的一个春日，那只即将打入一个世界杯进球的手被永远定格。

我旅居德国时，那位精神科医生给我开了药，我躺在我认识的人家中的沙发上将它们静静地吞下。我一直在想，可能一切都是药品造成的错觉，是一场骗局，可能这一切根本就没有发生。当事情过去了很久很久之后，有一次，我又重新阅读了一遍医生给我开的药物的说明。之前我已经读过不知道多少遍，可每一次读完后我总是什么也记不住。我看到说明上写着，这种药片有镇静、抗抑郁和抗焦虑的作用。服药后一到六小时内就能起效，功效消退却需要一百二十小时，按我的计算，也就是说需要五天的时间。有百分之八十八的药物通过尿液排出，百分之七通过汗液排出，最后剩下的百分之五永远也无法排出体外。我看到，这种药物会产生生理和心理的依赖作用，还会造成遗忘症，也就是说，在药物生效期内，服药者的记忆功能将会减退甚至消失。说明上还写着，服用此药的患者会产生自杀倾向——毫无疑问，这可太严重了；还会变得昏昏欲睡——我吃了以后却并未如此；还会身体虚弱、疲惫乏力、头晕目眩、难辨方向、共济失调、恶心呕吐、感情沉郁、警惕降低、食欲下降、体重减轻、昏昏沉沉、有窒息感、双眼模糊、双目重影、情绪波动、反复多梦、头晕呕吐、感到头痛、性别错乱、失去个性、听觉过敏、僵硬麻木。此外，神经末梢会出现蚁走感，对声音、光线和肢体接触格外敏感，服药患者还会出现幻觉和癫痫抽搐症状，以及呼吸系统、消化系统、肌肉系统病变，还会经历厌世情绪增加、易怒、记忆消退、对于现实的感知发生变化、精神混乱、发音困难、肝和肾功能紊乱，并会因为骤然停药而产生戒断反应。所以我觉得，那位足球运动员经过我身边时，看到他 T 恤衫上他自己的照片因为便便大腹而变形应该就是吃过这种药后出现的一种最轻微的副作用了。

/ 15 /

无论如何，那次碰到足球运动员的经历确实是真实发生过的，是真的。大家大可认为是我编造的、虚构的，因为首先，那时的我的确非常糊涂，又十分焦虑，所以不管是那时还是现在，我都无法信任自己的理智和感觉，很有可能会错把想象当成真实。其次，对于我来说，在这个衰败低落的国家遇到那位垂垂老矣的球员，以及之后发生的几乎所有我要讲的事情，都是真实的，却并不必然是真切的。有人说，文学之美在于"真实"，但文学的"真实"指的是能够感同身受的真实，而在"真切"和"真实"之间有一道巨大的鸿沟。在这里我并不想讨论美，美是一种永远无法被讨论的东西；美应该是文学中自然的珍藏，应该在文学无法触及的地方自由生长；美应该成为作家们稍事休息、获得安慰的地方，因为文学和美这两种东西既截然不同又如出一辙，就好像左右两只手套，右手的手套永远不能戴在左手上一样，世界上有些东西就是无法重合。刚刚到达阿根廷的我在车站等车，等待公交车把我带回我父母居住的那个距离布宜诺斯艾利斯三百多公里的城市。我一直在想，我从德国幽暗的密林回到阿根廷平坦的平原，只为了亲历父亲的死亡，与他告别，向他承诺说——尽管我一点也不相信——我们两人在其他地方还能有机会去互相了解对方到底是一个什么样的人，承诺说他为人父、我为人子以来，我们将终于有可能理解彼此。但是，即便这些是真实的，也永远都不会是真切的。

18

此外，我这里还有一堆疾病和药品的名称，活像一段绕口令，复杂的单词连续不断，比如苯二氮卓类、地西泮、抗精神病药物、催眠药物、唑吡坦、抗焦虑药物、阿普唑仑片、致幻抗晕类药物、抗癫痫类药物、抗组胺药物、氯硝西泮、巴比妥、劳拉西泮片、三唑苯二氮卓、艾司西酞普兰。所有拗口的单词都汇集到我的脑海里，可是我的大脑早已拒绝运转。

20

当我终于回到父母家时，家中空无一人，又湿又冷。我想起小时候有一次，在把一条鱼放生到水里之前，我的手碰到了它的肚子，家里现在的感觉和那条鱼的肚子一模一样。我根本感觉不到这栋房子是我的家，那种认为某个特定的地方就是你家的怀旧感已经消失殆尽，而且我十分害怕我一回家就会被视为这个家的耻辱。我连椅子都没碰，把自己带来的行李箱放在玄关，开始像一个爱打听别人家八卦的人一样一个屋一个屋地挨个看。厨房里放着一块面包，放了太久，已经招蚂蚁了。父母的床上放着一堆衣服和一只手提包，包口大开，里面空空如也。床没有整理，被褥都没叠好，床单还保持着人形，很有可能是母亲睡过的痕迹。旁边是父亲的床头柜，上面有一本书，是什么我没有看，还有一副眼镜和两三片药。看到它们，我发现我和父亲最终还是有些共同点的，我和他的生命都被捆绑在一条名叫"药物"和"药方"的无形丝线上，以某种特别的方式联系到了一起。我以前住的房间在走廊的另一边。走进这间屋子，我感觉一切都变小了：桌子比我记忆中的要小，桌旁的椅子小得好像是给侏儒用的，窗户十分狭小，屋子里的书也没有我记忆中的那么多，这些书的作者我现在也已经不再感兴趣了。我感觉自己仿佛离开了不止八年。我一边想着，一边躺倒在曾经睡过的床上。我感觉很冷，但是不想盖被子，所以就躺在那里，抬起一只胳膊盖住脸，睡不着觉也不想站起来，翻来覆去地想着父亲，想着自己，想着我们错过的机会，他错过的，我错过的。我们所有人都错过了。

/ 21 /

母亲走进厨房，看到我正在观察冰箱里的食物。我感觉自己在做梦，梦里所有东西都熟悉得令人难以置信，却又陌生得无以复加——冰箱里的食物还像从前一样，但包装都变了。现如今豆子被装在罐头里，在我的记忆中，这种罐头以前是装西红柿的。现在装西红柿的容器我记得以前是用来装可可的，现在用来装可可的袋子让我想起了从前的尿布和一个个难以入眠的夜。母亲看到我时仿佛完全无动于衷，我看到她时却惊讶万分，她瘦了太多，整个人感觉十分脆弱。我站起来，她走过来抱住了我。母亲的眼神如此坚毅，哪怕地狱怪兽在她面前也会被击溃赶跑，而我问自己，如果连这样的眼神都不能治好父亲，如果连这样的目光都无法减轻医院里所有病人的痛苦，那这世上还有什么办法能奏效呢？母亲的那种眼神中有对抗一切的不屈意志。"到底怎么了？"我问母亲，她开始慢慢地向我述说发生的事情。说完后，母亲回到自己的房间独自哭泣，我向一只小锅里倒了点水，放了一小捧米，看向窗外密不透风的树林。这里曾是母亲和弟弟精心照料的小花园，同在此地，却非此时。

/ *23* /

我赶到医院时弟弟妹妹都站了起来。远远看过去，我感觉他们谁都没有在说话，但当我走近又看到他们在聊天，也可能是假装在聊天，仿佛觉得必须维持着谈话，但可能其实他们自己都没听见自己到底说了什么。一看到我，妹妹就哭了起来，好像我带来了让人猝不及防的坏消息，或者我本身就是一个坏消息，仿佛我是一个刚刚打完了一场漫长的战争回到家中、但因伤致残的军人。我给他们带了在德国机场买的巧克力和一瓶杜松子酒，然后妹妹就开始一边哭一边笑。

/ 24 /

父亲躺在一张电线织成的大网之下，犹如一只深陷蜘蛛网中的蝇。当我将他的手拉向我的脸，用它擦干我脸上的泪水时我才发现，他的手无比冰冷，我的脸却那样滚烫。

/ 25 /

那天下午我一直陪在父亲身边，但除了看着他，我真的不知道要做什么。我想着如果父亲睁开双眼开口说话，我该怎么办，有那么一瞬间我希望父亲不要在我在场时睁开眼睛。于是我告诉自己：我要把眼睛闭上数到十再睁开，就会发现这一切都不是真的，一切都从来没有发生过，就好像电影散场或者一本书被合上时那样。但是当我数到十，重新睁开眼睛时，父亲还躺在那里，我也还坐在那里，那张电线织成的网也还在那里，耳边充斥的是医院的噪音，鼻子闻到的满是消毒水浓烈的味道，内心感受到的是比疾病和死亡更加致命的虚假希望。你去过医院吗？在那里你什么都能看得到。你目睹过一个人的死亡吗？每次有人过世，方式总是千差万别。有时疾病会令你目眩，你闭上双眼，最恐惧的就是在夜晚的乡间公路上，一辆车全速向你冲来。当我再次睁开眼睛，妹妹站在我旁边，已经入夜，父亲依然活着，战斗着，失败着，但还是活着。

/ 26 /

　　妹妹坚持要在医院陪床。我和母亲、弟弟回到家中，一起看了一会儿电视上放的电影。电影里，一个男人在大雪中奔跑在仿佛没有尽头的结冰的道路上，雪花落在他的脸上、大衣上，不一会儿，雪花好像挡住了他的视线，他无法看清自己要追赶的目标。但是那个男人还是一直在奔跑，一定要赶上停在前方的飞机，仿佛生死在此一搏。此时，飞机舱门大敞，随时都会起飞，一个女人从舱门中探出头大喊着男人的名字："约翰尼！约翰尼！"当男人伸出手，好像马上就要追上的时侯，飞机起飞了，另一个男人狠狠地将女人拉回机舱，还朝那个叫约翰尼的男人开了一两枪，飞机便完全消失在漫天大雪之中。名叫约翰尼的男人跌倒在雪地上，他气喘吁吁的身影逐渐消散于黑暗，屏幕上慢慢浮现"剧终"二字。"这部电影是《沙皇来信》。"一看到这个场景弟弟就想起来了。"可是沙皇时期还没有飞机呢。"我说，弟弟看着我，好像我什么都不明白一样。

/ 27 /

那一夜我难以入睡。黑暗中，我去给自己倒了一杯水，在厨房站了一会儿，一边喝水一边试图什么也不想。喝完水我回到自己的房间，迅速吞下一片安眠药。等待安眠药生效的这段时间里，我开始在家中闲逛，想要看看与我还住在这里时相比，家里有没有变化，有什么还保持着原样。但我做不到。可能不是家变了，而是我的感觉变了，这种感觉上的变化，不管是由长途旅行带来的、由父亲的这次患病诱发的还是由吃的安眠药引起的，都导致感觉对象发生了变化。似乎为了知道我家到底有没有变化，我必须要把自己离开家之前、旅居德国时、此时吃了安眠药之后、父亲患病和我回来之后这些不同时期内我自己看待问题的方法进行比较。可这一切我根本无法做到。我停下来，借着透过窗户照进来的街上的灯光翻看客厅书柜里父母年轻时买的书。尽管对这些书早已烂熟于心，但它们在我眼里像是全新的，或许还是我的感觉出错了。我再一次问自己，今昔相比，到底是什么变了？曾经我随手翻阅过这些书，如今在夜晚灯光下再度翻看，却丝毫不觉好奇，也不甚理解。最终我还是没有得出什么结论。我在客厅冰冷的地板上站了一会儿，盯着书。我听到一辆公交车经过的声音，之后又听到上早班的人驾着车驶过，想到这座城市马上就要再次鲜活起来，可我不想站在这里看着城市苏醒。我回到自己的房间，又吃了两片安眠药，之后躺在床上，期盼药能生效。然而就像以往一样，我还是没有察觉到药是什么时候生效的，因为首先，我吃完药后双腿动不了了，之后胳膊也动不了了，支离破碎感缓缓涌入脑海，我想这可能就是睡意袭来的标志。在彻底陷入梦境的前一秒，我对自己说，得把看到的所有东西记下来，我要把所有在父母家里看到的东西列一张清单，不再遗忘任何事。然后，我就睡着了。

/ 29 /

父亲的藏书目录：《国家重建的基础》《民歌歌手》《萨塔诺维斯基案》《有组织的社区》《政治走向》《航海手记》《切·格瓦拉日记》《庇隆主义思想》《又一则阶级斗争的故事》《虚构集》《刀刃、刀背与刀尖》《庇隆主义哲学》《力量是野兽的权利》《庇隆讲话》《人民的时刻》《工业、工业资产阶级和国家解放》《拉丁美洲：现在就行动否则再无机会》《红宝书》《阿根廷文学与政治现实：从萨米恩托到科塔萨尔》《战略手册》《马丁·菲耶罗》《轻咬一口》《民粹主义和解放》《屠杀》《庇隆：天命之子》《庇隆主义和社会主义》《拉普拉塔河的英国政治》《仇恨的预言家》《要做什么？》《是谁杀害了罗森多？》《我生命的意义》《阿根廷的革命和反革命》《罗萨斯，我们的同代人》《庇隆万岁！》《洛佩斯·乔当的生与死》《八十世界环游一天》。父亲藏书的作者有：豪尔赫·路易斯·博尔赫斯、费尔明·查韦斯、胡里奥·科塔萨尔、埃娃·杜阿尔特·德庇隆、埃内斯托·格瓦拉、胡安·何塞·埃尔南德斯·阿雷基、阿图罗·豪雷切、弗拉基米尔·伊里奇·列宁、莱奥波尔多·马雷查尔、恩里克·帕冯·佩雷拉、米尔西亚德斯·佩涅阿、胡安·多明戈·庇隆、豪尔赫·阿贝拉尔多·拉莫斯、何塞·玛利亚·洛萨、奥古斯托·塞萨尔·桑地诺、恩里克·桑多斯·迪赛波罗、劳尔·斯卡拉布里尼·奥尔特兹、胡安·M.维戈、大卫·维涅阿斯、鲁道夫·沃尔什、毛泽东。父亲藏书中缺乏的作家：希尔薇娜·布里利奇、贝亚特里斯·基多、埃塞基耶尔·马丁内斯·爱斯特拉达、维多利亚·奥坎波、埃内斯托·萨瓦托。父亲藏书的封面主要颜色：天蓝色、白色和红色。父亲藏书中最主要的出版社："超越极限"社、A.佩尼亚·利略出版社、"自由之地"社和布宜诺斯艾利斯大学出版社。父亲藏书中最常见的关键词：战术、策略、战争、阿根廷、庇隆、革命。我父亲藏书的整体状况：不好，有些甚至非常糟糕、非常陈旧。

除此之外：父亲和母亲从来没有读过希尔薇娜·布里利奇、贝亚特里斯·基多、埃塞基耶尔·马丁内斯·爱斯特拉达、维多利亚·奥坎波和埃内斯托·萨瓦托的书。他们的确读过豪尔赫·路易斯·博尔赫斯、鲁道夫·沃什和莱奥波尔多·马雷查尔，可是没有读过希尔薇娜·布里利奇、贝亚特里斯·基多、埃塞基耶尔·马丁内斯·爱斯特拉达、维多利亚·奥坎波和埃内斯托·萨瓦托。他们读过埃内斯托·格瓦拉，读过埃娃和胡安·多明戈·庇隆夫妇，也读过阿图罗·豪雷切，但是没有读过希尔薇娜·布里利奇、贝亚特里斯·基多、埃塞基耶尔·马丁内斯·爱斯特拉达、维多利亚·奥坎波和埃内斯托·萨瓦托。而且，他们读过胡安·何塞·埃尔南德斯·阿雷基、豪尔赫·阿贝拉尔多·拉莫斯和恩里克·帕冯·佩雷拉，但是却没有读过希尔薇娜·布里利奇、贝亚特里斯·基多、埃塞基耶尔·马丁内斯·爱斯特拉达、维多利亚·奥坎波和埃内斯托·萨瓦托。光想这些，就能够想上好几个小时。

一开始我吃的是帕罗西汀和苯二氮卓类药物，剂量不超过十五毫克。但是十五毫克对于我来说无异于龙卷风天的一个喷嚏，或者想用手遮住太阳，或在罪犯之城宣扬正义那样，微不足道，毫无效果。因此，我不断提升药物的剂量，一直提到六十毫克。六十毫克，市面上没有比这再大的剂量了，药剂师看到这个剂量的眼神就好像远东电影里的马帮领队那样，电影里领队告诉你他们只能走到这里，再往前就是科曼奇人的地盘了，随后便转身离开，马刺一蹬绝尘而去，离开前还要看看马队的其他人，因为他们知道，以后就再也见不到了，这让他们羞愧又遗憾。从那时起我开始吃安眠药帮助自己入睡。每次吃药的时候，我都会陷入一种濒死的状态，我的脑海里总会浮现诸如"胃""灯"和"白化病"之类的字样，互相之间毫无关联。有时第二天早上醒来，如果还记得的话，我就会把这些字写下来，但是读起这些字的感觉就好像在阅读世界上最悲惨的国家的报纸，比如苏丹的，比如埃塞俄比亚的，比如那些我从来没去过也根本不想去的地方的。读时我觉得我听到了消防车的声音，消防员开着装满汽油的车，赶来扑灭那该死的地狱之火。

一位医生从走廊的另一头向我们走来，看见他的时候，我们连想都没想就都站了起来。"我去给他做个检查。"医生告诉我们，之后就走进了父亲的病房，在里面待了一会儿。我们都在外面等着，也不知道该说些什么。母亲站在走廊尽头的窗户前，看着远处一艘小拖船牵着一根细细的绳索，拖曳着一艘大船逆流而上回到港口。我手里还拿着一本汽车杂志，虽然我根本不会开车——之前有人把这本杂志忘在座位上了，我只是任由双眼滑过页面，这样的动作让我很放松，就好像我看的不是杂志，不是让人不理解的新潮科技文章，而是什么美丽的风景。最后，医生终于出来了，告诉我们一切还像之前一样，没有什么新变化。我想，我们中得有人问他点什么，这样医生才能够知道我们是真的关心父亲现在的状况，于是我问医生父亲的体温如何。医生按了按眼睛，之后难以置信地看着我，结结巴巴地说："他的体温完全正常，体温……没什么问题。"我向他道谢，他点点头，沿着走廊走远了。

　　这天早上妹妹告诉我，有一次她在父亲留在家里的一本书上看到父亲画出了一行字。妹妹把书拿给我看，那行被特别标出来的话是："那美好的仗我已经打过了。当跑的路我已经跑尽了。所信的道我已经守住了。"出自《提摩太后书》第四章第七节，是使徒保罗写给提摩太的第二封信。父亲特别画出这行字一定是因为它激励了他，并给予他莫大的安慰，也许他想用这句话做墓志铭。我想，如果我知道自己是谁，如果药物的迷雾能够暂时消散，让我能清楚自己是个什么样的人，我也会想用这句话做我的墓志铭。但是之后我又想，我其实也没有真正地战斗过，和我年纪一样大的人都没有战斗过：某些人或某些事已经带给我们一场惨败，于是我们喝酒、吃药，用一种乃至成千上万种方法浪费时间，最终快速地、不体面地，但是无论如何都是自由派式地到达终点。我想，无论怎样，没有人战斗过，我们所有人都已经输了，没有人像自己想象的那样对信仰一直忠诚，无论所谓的信仰或忠诚是什么。父亲那代人的确是不同的，但是，我再一次强调，我们这两代人虽不同却又有相同之处，有一条线索贯穿了整个时代，无论怎样，都有一种自发的阿根廷式的特点将我们联系在了一起：无论父母还是孩子，我们都经历了挫败。

/ 38 /

母亲开始准备午饭，我本来在看弟弟调成静音的电视，起身去给母亲帮忙。切洋葱的时候我想起，过去那个十分简单却美味的菜谱正在这样一个充满迷茫和愚昧的时代渐渐失传，我想至少我应该记下来——这是我在回德国之前能够和我的家人共享的幸福时刻，也可能是我能跟母亲共同度过为数不多的快乐时光之一，我想把它永远记住，但可能性几乎为零——现在就记下这菜谱，以免为时过晚。我拿起一支笔，开始记笔记，记录这个时刻，但所能记住的不过是一份菜谱。一个极短的简易菜谱，然而对于那时那刻的我来说却极为重要，因为它代表着整个过去的时代，那是一个一切都精准而按时的时代，与如今这个充满痛苦的、让所有人都迟钝虚弱的时代完全不同。

菜谱如下：选取一份上好的牛肉，平铺到棉布巾上。洋葱切丁，橄榄、煮鸡蛋和其他你喜欢的原料切碎，一起均匀平铺在牛肉上——你的选择数不胜数，比如辣椒碎、葡萄干、杏子或李子干、杏仁、核桃、燕麦、脱水蔬菜等等。接下来揉搓牛肉，让添加的这些原料能够均匀地平铺在肉上。之后加盐、甜椒面、孜然、蒜粉，用棉巾挤压牛肉，使其变成用手触碰也不会散开的紧致肉块。如果牛肉还是很松散，还可以加些面包屑。肉块准备好后，把它轻轻放在涂过油的模具里，放进烤箱烘烤。待这一大卷面包一样的牛肉变成金黄色，就可以取出，做凉菜和热菜都可以，也可以配沙拉食用。

那位医生——可能还是之前的那位，也可能是另一位，其实我感觉所有医生都是一个样——说道："一切皆有可能。"我的脑海中，这六个字一直不停盘桓，直到最后失去意义：一切皆有可能，一切皆有可能，一切皆有可

能，一切皆有可能，一切皆有可能，一切皆有可能……

45

弟弟紧张地调着台，最终停在了一个播放战争片的频道上，这部片子情节混乱，演技低劣，拍摄手法又拙劣无比，镜头好像故意被放在要么看不到人脸、要么挡住演员走路的地方，所以不可避免地需要大量剪辑，很有可能是因为演员总是被镜头绊住而不得不重拍。不过看着看着，我还是慢慢明白，这部电影的主人公刚经历了一场事故。究竟是什么事故，电影里并没有交代，不过观众大概能够猜到，无外乎车祸或者飞机失事。主人公在医院醒来，全然忘记了自己是谁。自然，医生和轮番审问他的警察也无法得知他的身份。电影里还有一个相貌宛若屠夫的护士，一开始对主人公十分粗暴，男主角不断询问"我是谁""我以前是什么样的""我在这里做什么"，更是让她不胜其烦。但是最后，护士开始怜惜她的这位病人，告诉他自己在他破损的衣衫中找到了一张写着六个名字的纸条，并把纸条交给了他。两人约定，男主角不能把这件事告诉任何人，尤其是不能告诉主治医生，那是个身材高大、满面病容的男人，好像对护士恨之入骨，且尤其对她保护男人的行为（主治医生怀疑主人公的话，用各种问题折磨他）极为不满。一晚，男主角逃出了医院，决定要找到名单上的那六个人，向他们问清楚自己的真实身份。他还带走了发生事故时自己带在身上的一笔巨款，他也不知道自己是怎么攒下的，是护士把这笔钱和一些衣物偷偷塞给了他。他住在郊区的宾馆中查着电话簿，开始了寻人之旅。然而，一切却没有观众想象的那么简单：六人中，有三人已经过世，或者迁居他所；有两个人主人公的确见到了，但这两人既不知道他是谁，又不明白自己为什么会出现在这张名单上。两次会面剑拔弩张，最后都不欢而散，主人公都从见面的地方被赶了出去。所有的人都和那家医院有千丝万缕的联系，而这一点，主人公丝毫不觉惊讶。名单上剩下的最后一个人拒绝见面，于是主人公开始在他家附近游荡。过程中，主人公惊奇地发现自己天赋异禀，在他秘密调查时从来没人发现他，被人跟踪时他总能顺利混入人群。有一晚，他还意外发现自己会开锁，最终他成功潜入目标家里，进入了一个十分昏暗的客厅。他偷偷走了几步，来到隔壁房间，发现是厨房，而正要回客厅时，他遭到迎头痛击，被打倒在地。站起来后，他又挨了一下——这次打在肩膀上——随后又一次摔倒在地。此时，他发现手边有盏灯，他打开了开关，灯光瞬间照亮了房间，打他的人被突如其来的光晃得目眩，后退一步。借着这个机会主人公拿起灯，瞄准对方的脑袋打了下去。在电灯开关被拽掉之前，男主角看到攻击他的人身材高大，满面病容。袭击者被打得脑袋开花，躺在地上。主人公感觉他十分眼熟，于是打开桌上的小台灯，凑近袭击者脸旁，看到袭击者就像死了似的，也许是真的死了。男主角发现，攻击他的这人正是他的主治医生。我从一开始就知道，这部电影是个不折不扣的烂片，而正如天下所有的烂片那样，这部电影靠把之前的镜头重播一遍来表现主人公将一切联系起来的思考过程：护士那张宛若屠夫的脸、她用殷勤媚态掩饰对主治医生的仇恨、她怎样把名单和钱交给了主人公、主人公与名单上人的会面，他还想起那张名单上的人几乎都是医生、几乎都在他出事后接受治疗的那家医院工作。除此之外，还有一个之前从来没有过的场景，这个场景男主角并未参与，或者发生此事时他尚未醒来，他肯定不明白，或者根本不记得，因此画面表现的可能是他的一个猜测：护士丑陋的脸上浮现笑容，写下了那张名单。这时观众明白了，名单上的人都曾经以各种各样的方式羞辱、伤害过护士或者与她不睦，而主人公则被护士利用去干掉他们。从这一刻起，男主角就成了流落地狱的弃民，他没有身份，不得不用尽各种办法隐藏自己，秘密地生存下去。这是件非常矛盾的事情：他要隐藏自己的名字，可他根本没有名字。一个人怎么可能隐藏他根本不知道的事情呢？我不禁问自己。这时，屏幕里传来一声尖叫：客厅通向楼上房间的楼梯边出现了一个女人，她尖叫着冲向死去的医生，又抬头咒骂主人公。主人公走向门口，大门在他身后自行关闭，接着他奔跑起来。镜头中，他越跑越远，拼命逃离自己犯下的罪行和护士对他的背叛，逃向未知的远方，逃向匿名的秘密生活，逃向对护士的报复——虽然他应该并不想自己的双手再次沾满鲜血，说到底，他也并不像一个暴徒。也许，男主角奔向了所有影片结束时主人公们要去的地方。已经开始播放片尾了，屏幕上滚动着演职人员表，之后，广告开始了。

/ 46 /

"我看过这部片子，"母亲说道，"那天我在三叶草市，你父亲让我藏在那里。"我问母亲："你为什么要藏起来？"但是她开始收拾盘子，告诉我她不记得了，说父亲可能把原因记在什么地方了，也许是书房里的某张纸上。

我点了点头，但是突然又不明白自己为什么要做这个动作，因为其实我根本不知道母亲想说的是什么。

/ 47 /

在这一切发生前，有段时间，我一直想把记忆中有关自己和父母的事情列张清单。那时我的记忆已经开始消退，我想这样可以防止自己忘记想要记住的事。我并不像那部电影的主角，我不想逃离本来的自己，不愿逃离陌生的自己。清单就在我书包里，我让母亲留在餐厅，自己去找单子来读。作为一张记录人生的清单，它十分简短，当然，也并不完整。上面写道：五六岁时我得了严重的肝病。此后或者此前一年内，我还接连得过猩红热、水痘和麻疹。我生来就是扁平足，需要穿特制的矫正鞋，那些鞋子巨大无比，让我羞愧得无地自容。而且，我也从来不能穿运动鞋。有几年我只吃素，虽然现在不是了，但还是几乎不吃肉。五岁时，我自己学会看书，自从以后读了几十本，但除了知道它们都是些外国作家和去世作家的作品，剩下的什么也没记住。我现在才发现，我读过的书里鲜有既是阿根廷本国又还健在的作家的书，如果能有这样的一本，我仍会觉得惊讶。母亲说，我刚出生的头几天没哭，而是几乎一直在睡觉。她还说，我刚出生的那几年脑袋特别大，大到我一坐下就会来回摇晃，头从一边歪向另一边。我不常哭，我记得自己哭过几次，但是自从一九九三年或一九九四年祖父去世后，我就再也没哭过，可能是药物的原因。那种药产生的唯一作用就是让人无法感觉到完全的快乐或彻底的痛苦，感觉就像是一个人漂浮在泳池里不上不下，既看不见池底又浮不上水面。十五岁时我失去了童贞，此后不知和多少女人发生过关系。三岁时我曾从母亲送我去的幼儿园逃走，在回忆并推测从我逃走到被带到警察局期间的几个小时里发生了什么时，有几百分钟的时间神秘消失，没人知道我去了哪里，连我自己都不记得了。我的祖父是油漆工，外祖父是列车员。我猜，我的祖父是无政府主义者，而外祖父奉行庇隆主义。我的祖父有一次朝警察局的旗杆小便，但我不知道是什么时候的事，也不知道为什么，只知道因为这件事，他被剥夺了投票权或什么的。我的外祖父主要管理科尔多瓦到罗萨里奥这条火车线路。从前，这趟列车经过胡胡伊和萨尔塔，之后到达终点站布宜诺斯艾利斯。这是庇隆派反抗者组织用来运送炸药的线路，当然，此事如果没有列车员的帮助，根本无法实现，而我的外祖父究竟有没有积极参与此事，我不得而知。我不记得自己买的第一张唱片是什么，但是记得第一次听完深受感动的歌，是我在科尔多瓦省一个叫坎东加的地方窝在车里时，电台播放的两首，声音因穿山而过扭曲变形，仿佛直接从往昔传来。我父亲不喜欢西班牙电影，说一看就头疼。整个九十年代，我都在阿根廷投票，我投的候选人最后都没能竞选成功。从十二岁到十四岁，每周六我都在一家二手书店工作。在母亲很小的时候，外婆就去世了，原因不得而知，从那时起一直到少年时期，母亲和姨妈都被寄养在孤儿院，我觉得母亲对孤儿院唯一的记忆就是有一次她看到了一位没戴头巾的修女，还有我姨妈会抢她的食物。九到十三岁之间，我曾狂热地信仰天主教；后来，宗教宣扬的道德和我的人生经验与体会无法调和，最终我不再信教，现在想想，感觉这无疑是一次哲学上的出轨。在我看来，伊斯兰教是和我们的时代最为相符的宗教，同时，也是最为实际的，也许是真的。没有任何一种心理分析疗法在我身上奏效。我的父母都是报社记者。我喜欢母亲做的饺子、馅饼和炸牛排。我喜欢土耳其沙拉、匈牙利料理和鱼。我的父亲曾经被铁锹铲断脚趾，从马上跌下来摔在带刺的铁丝网上，在烤肉时不慎用了汽油，把手指卷入风扇，头撞穿玻璃门，还曾经撞过两次车，尽管这一切之间相隔多年，也不是连续发生的。我的祖母和外祖母分别名叫费丽莎和克拉拉，都是好名字。我会英语、德语、意大利语、葡萄牙语、拉丁语、法语和加泰罗尼亚语，还会一点塞尔维亚－克罗地亚语和土耳其语，但只够旅游用。我不喜欢小孩子。我喜欢看人们在大街上摔倒、被狗咬或者出其他类似的事故。我不喜欢属于自己的房子，我喜欢在认识的人家里过夜。死亡对我无所谓，但深爱之人的去世却令我感到无比恐惧，尤其是我的父母。

49

离开医院，我告诉母亲我更想走回家。不过，我只是一直站在原地，看着母亲登上一辆出租车，目送它发动，载着母亲消失在街角，然后我才开始朝着家的方向慢慢走去，边走边观察着与我擦肩而过的人和开着车疾驰而去的人。他们吼叫着我听不懂的语言。都市男女在橱窗前驻足停留。这就是这座城市的日常生活，我也曾经是其中的一分子。我继续走着，此时，此刻，此地，我有机会观察别人而不被观察，仿佛我不再是一个活着的人，而是自己的幽灵，将自己想象成另一个不同的人就等同于成了幽灵。当我望向商店，我觉得那个在试毛衣的人就是我；当我看向市立图书馆为最后一批读者亮起的灯光，我感觉那些人里就有我；当我端详一个个正坐在窗前读书、写字或是拿着半成品食物独自在厨房准备晚饭的人，我就想起我也曾经是他们中的一员。有时，当我在读书、写字或是做饭时，我感觉我的脑海里回响着一个声音，告诉我一切都会好起来的，我会写出我一直想写的那种书，至少，我会在力所能及的范围内努力实现这个愿望，直到我被完全掏空，将一切述说殆尽；我能想在哪里出书就在哪里出书；能结识忠诚的新朋友，能够开心地喝酒、大笑；能有时间读所有我想读的书，但也能接受根本没办法把所有书都读完的现实——总的来说，就是所有的一切都不会破碎崩溃。此刻我漫步在这座城市的街道，除了我自己没有任何人会观察我，我第一次明白，在我脑海里响起过无数次的那个声音，尤其是在我人生的最低谷，或是在我被深深的疑惑困扰时出现的那个陌生又熟悉的声音，其实来源于我自己，或者说来自未来某一天我将变成的那个人。阅尽千帆，历尽磨难后，那个人将在我耳边窃窃私语，当我在商店试毛衣的时候，在图书馆读书的时候，在用半成品食物准备一顿晚餐的时候，他将注视着我，向我许诺，一切都会好起来的，我会写出更多的书，交到更多的朋友，踏上更多的旅途。直到这时，我才扪心自问，等我回到德国那座我旅居的城市时会发生什么，我是否还会再次听见那个声音向我许诺，我会有明天，有一天我会看到这一切成为现实，也会再次见到父亲，证实那个声音承诺的一切美好都会发生。我不知道这次这个声音是会告诉我真相，还是会撒一个善意的谎言，就像它过去曾无数次做过的那样。

/52/

一线阳光透过百叶窗，照进父亲的书房。当我打开百叶窗时，光照进房间，我却觉得比刚才的那一线要弱了许多。我拉开窗帘，打开桌上的台灯，但即便这样屋里也有一种昏暗的感觉。弟弟还是小孩子的时候，父亲总是告诉他可以出去玩，但是必须在看不见双手前回家，不过，弟弟即便是在夜里也能看到自己的双手。而此时，尽管还没有入夜，我却已经看不到我自己的双手了。我感到背后有人，有那么一瞬间以为是父亲来了，来责骂我不经允许就乱进他的书房，可我转过身去，发现是弟弟。"我觉得我要疯了，"我对他说，"我看不到自己的手了。"弟弟直直地看着我，对我说："我也这么觉得。"不过我根本不知道他说的是什么意思，究竟是他也觉得我疯了，还是他也看不到他的手了。无论如何，过了一会儿，他拿着一盏鹅颈管台灯回来放在桌上，把这盏和其他灯一起点亮。光线依然不够明亮，但是足够让我在暗影中分辨出屋里的一些物品：一把裁纸刀，一把直尺，一个装着铅笔、圆珠笔和记号笔的笔筒，一台为了节省空间放在桌脚的打字机。桌上放着一叠文件袋，但我还没动它们。我坐在父亲的椅子上看向花园，想着他曾在这里度过多少时光，是否曾经就坐在这里想过我。书房里一直很冷，我身体前倾，够到了那一叠文件袋，拿出了其中的一个。文件袋里都是一次旅行的相关信息，然而父亲从来都没真正完成过这场旅行，今后恐怕也再无机会实现。我把这个文件袋放到一边，又拿起另一个，里面装的都是最近的剪报，署名作者都是父亲本人。我读了一会儿，又它们放到一边。其中零散的一页上我找到了一张清单，上面列着父亲最近刚买的书籍，里面有一本亚历西斯·德托克维尔的、一本多明戈·福斯蒂诺·萨米恩托的书，一本阿根廷公路指南，一本关于"查玛梅"——一种阿根廷东北部地区民歌的书，还有一本我很久以前写的书。下一个文件袋里，我发现了一张新印出来的老照片，放得很大，连上面人物的表情都变成了像素点。照片里的人是我父亲，尽管，当然，严格意义上讲那时他还不是我的父亲，因为照这张照片时我还没有出生。父亲那时的头发有些长，留着鬓角，拿着吉他。在他身边是一个梳着长长直发的年轻姑娘，神色严肃得惊人，眼神好像在说她不想浪费时间，因为比起停下来照照片，她还有更重要的事情要做，她一定要投身斗争，然后英年早逝。我想，我认得照片上的这张脸，但读过父亲放在文件袋里的材料之后，我又觉得自己并不认识这个姑娘，从来没见过她，宁愿永远不要见到她，永远不要了解这张脸的背后有着什么样的故事，也永远不要得知在父亲弥留的这最后几周里究竟会发生什么。世上总是有一些事情你根本不想知道，因为一旦知道了它们就会成为你的东西，但是有些东西我一辈子都不想要。

第二部分

我应该思考一种态度，或者一种风格，这样我所写的才能变为见证。

——塞萨尔·艾拉《三个日期》

/ 1 /

文件袋长三十厘米，宽二十二厘米，材质是浅黄色的轻磅硬纸。大约两厘米厚，用两条松紧皮筋封口，这种皮筋一般本来是白色的，但它们现在已经呈现出淡淡的棕色。其中一条皮筋固定在文件袋的长边，另一条固定在短边，两条皮筋正好形成一个十字，更准确地说，形成了一个希腊十字。固定文件袋短边的皮筋下面大约六七厘米、距离文件袋下边缘三厘米的地方，父亲在浅黄色的硬纸面上仔细地贴了一张标签。标签的底色是灰色，上面打印的字是黑色。标签其实没有太多内容，只写了一个人名：布尔迪索。

文件袋里面第一页的内容和封面一样，写的还是那个人的名字，不过写了全名：阿尔贝托·何塞·布尔迪索。

第二页是一张模糊的照片，照片里是个给人感觉性格内向的男人，面容几乎看不清。照片下面还有一篇文章，题为《一位公民的离奇失踪案》，内容如下：

阿尔贝托·布尔迪索是三叶草市的一位居民，在三叶草俱乐部工作多年。在周一、周二两天没有按时出现在俱乐部后，他成谜的行踪引发了广泛关注。警方开始介入此事进行调查，俱乐部员工也纷纷寻找线索。各方调查了布尔迪索位于科连特斯大街的住所后，发现他的房间内没有任何活动迹象，物品也没有被移动过，只有他的自行车被扔到了院子里，布尔迪索养的狗正寸步不离地看守着。

自从上周日开始，人们就再没见到过被他们亲切地称呼为"布尔迪"的布尔迪索。当事人曾经和同事谈到,他周末要去某萨里奥市①。由于布尔迪索所在的三叶草俱乐部在每个月的最后一个工作日结算工资,布尔迪索在周五到周六间取走了他的薪水。

胡戈·易武萨局长接受《三叶草市电子报》采访时告诉记者:"周一晚上十点时我们的101热线接到来电,三叶草市俱乐部的一位员工向我们报案说他的同事布尔迪索没有去上班。我们询问了邻居,也把情况上报了圣豪尔赫初级检查院,取得了对其住所展开搜查的权限,但是到目前为止,总的来看,情况并不意味着我们能够排除其他可能。"此外,易武萨局长还说道:"我们确认了布尔迪索的住址,调查后并没有发现暴力行径的痕迹。对此我们有多种猜测,我们也非常希望能够找到布尔迪索本人。"

三叶草俱乐部的同事们最后一次见到布尔迪索是在上周六,那时正值正午,布尔迪索刚刚结束工作准备离开。当时俱乐部的一位门卫对他说可以去某萨里奥市玩玩。

布尔迪索的几位邻居称,他们最后一次见到六十

---

① 原文使用星号处理,未写出全名。所指即罗萨里奥市,阿根廷三大城市之一,距三叶草市157公里。

岁的阿尔贝托·何塞·布尔迪索是在上周日的下午，在他们社区周围，即科连特斯大街到438大街的这一范围内。

另一个特殊之处是布尔迪索在城里并没有任何亲戚，只有一个妹妹，早在军政府独裁时期便被宣告失踪。布尔迪索还有几个表亲生活在三叶草市附近的农村，但是和他也几乎已经断绝联系。（《三叶草市电子报》，2008年6月4日）

/ 4 /

这篇文章就是一个荒谬的信息大杂烩，下面还有一张电子版原文附带的经过放大的人像照。照片上的那个男人长着一张圆脸，眼睛很小，厚厚的嘴唇几乎凝滞成一个微笑。他的头发很短，发色淡黄或者发白，拍这张照片的时候，他正从另一个人手上接过一个纪念性的奖牌，颁奖人只露出了胳膊和肩膀。这个男人肯定就是阿尔贝托·布尔迪索，我觉得没有什么理由能让人认为他不是，所有的一切都说明照片上的这个人就是他。他穿着V领套头运动T恤衫，显然是浅色的，领子上挂着一副无框眼镜，应该是为了好看在拍照前刚拿下来的。纪念奖牌上写的字模糊不清。

5

父亲留着这张照片和这篇报道，可能是因为布尔迪索居住的三叶草市正好是他自己长大的地方，他定期会回去，妹妹现在也住在那里——当我第一次看到这篇新闻时，我是这么想的，但是现在我却开始思考，这篇荒谬的信息大杂烩和滑稽的警方黑话背后到底隐藏着什么。警察说："但是到目前为止，总的来看，情况并不意味着我们能够排除其他可能。"这句话是什么意思？这其中蕴含着一种微妙的对称，这起事件和我正在经历的事情一模一样：我在寻找父亲，而父亲在寻找另一个人，一个他可能认识、但已经失踪的人。

6

另外，成谜的还有都有谁目击了这起事件，以及对寻找布尔迪索感兴趣的都有些什么人，但是对于我来说，这几乎是一个无解的谜。

/7/

关于三叶草市我还记得什么？我记得一大片田野，有时是金黄一片，有时是青翠欲滴，但总是与房子和街道离得那么近，让我感觉记忆中的那个村庄比数据显示的真实情况要小得多。几条已经废弃不用的铁轨边上长出了一小片森林，植被蔓延过边界，里面的青蛙和鬣蜥在一天中最热的时间段里就靠在铁轨上，一旦发现有人在暗中窥伺，就马上逃窜得无影无踪。在孩子们中流传着一个传说：如果你不巧必须要对抗鬣蜥，那么你就必须保证自己一直正面对着它，因为鬣蜥的尾巴像鞭子一样，一鞭扫过来就能打断你的一条腿。孩子们中也十分流行这样一个游戏：在水渠里抓到青蛙后就把它们放进塑料袋里，把袋子放在有车辆经过的街道上——游戏到这里还没结束——等车轧过去以后，每个人都把被碾碎的青蛙拿出来，在路边人行道上用青蛙尸体的碎块再拼出一只完整的青蛙来，谁先拼出来谁就赢了。在我们常玩“青蛙拼图”的马路对面，有一家老酒吧兼乡村批发店，已经被扩张的城市吞噬了，我爷爷总会在下午去那里喝一杯，可能还会玩玩扑克。夏天，我会在一家名叫布兰雷克的商店吃冰淇淋，我记得这名字并不和店主同名，他应该是叫"利诺"。我在三叶草市消磨夏日时光的时候读了很多书，睡了长长的午觉，而且经常沿着街道一散步就是很久。三叶草市的街道就好像二十世纪五十年代美国西部片里小镇上的街道一样，最常见的房屋就是小别墅，都是大门紧锁，百叶窗微微拉开，从外面可以稍窥一眼。下午时分，这项活动变得开诚布公，就好像一个无形的禁令时段已经结束，人们便都搬着椅子坐在人行道边，与邻居谈天说地。有时你也会看到城里有人骑马。自然，这里的所有人都互相认识，见面总会互道早安、晚安或互相问好，也从不用姓氏，而是以名字和绰号互相称呼，每个人的名字和绰号背后都有一段故事，有些是现在的轶事，有些是过去的往事，有些与这个人本人有关，有些牵扯了他背后的整个家族。我有几个叔公是聋哑人，因此我被人叫作"聋子家的"或者"油漆工的孙子"。那几个聋哑叔公的工作是给地面铺马赛克，我觉得是他们在监狱里学会的；他们养了狗，一叫名字它们就有反应；尽管他们其实根本不能像正常人那样发音，发出的不过是"考"或者"波"这样的音节。我从来没有听说三叶草市发生过什么重大的盗窃案，夏天大家夜不闭户，汽车从来不锁，自行车随随便便地扔在屋后花园的草坪上。我的爷爷奶奶家后面有一片地，有个人在那里养兔子。还有人开了一个卖进口商品的小卖铺，货架高到快要碰到天花板了。我最喜欢那里卖的面包。我也喜欢奶奶做的冰茶和爷爷哼的小曲，爷爷总是喜欢吹口哨、哼哼歌；为了去掉手上的油漆，他用了很多松油，弄得一双手粗糙不堪，但是，据我所知，他还经历过更加艰难的岁月。三叶草市没有书店，也没有图书馆，顶多有两个老太太开的小商店，里面会卖卖报纸和连环画，如果她们觉得我能看懂，而且里面没有什么我不该看的内容，就会把连环画卖给我。在这里其实真的没有什么可做的，仅有的娱乐就是去主街上的电影院看电影，那里专门给小朋友开了两片连映的专场。电影院并不是为了营利而建的，因此片库里的资源极其有限，演来演去最后经常重复，所以，看的时候我们经常自己动手找点新乐子：男孩们会在嘴里含上好多块糖，等口水足够多，糖变得又湿又黏的时候，就扔到坐在第一排的女孩们的辫子上。有些男孩格外残忍，不用糖而用口香糖：女孩们用手摸头发想把口香糖从头发上拿下来时，只会让它粘得更紧，一时间，电影院里哭声、笑声、威胁声四起。我还喜欢城里一个养蜂人酿的蜂蜜。但是除了这些，在三叶草市真的没有什么可做的，唯有窥探别人或者被别人窥探，以及表现出一副苦大仇深、庄严肃穆的样子，连孩子们都必须如此，外加每周必须去教堂，必须庆祝国家大型节日——总的来说，整个城市装出一副伪善的样子崇拜着国家和权威，这好像成了三叶草市的地方特色传统，每个人都对身居此城无比自豪，所有的居民默认要联合起来，对抗真相和进步的冲击，因为真相和进步在三叶草市是被排斥的异类。

/ 8 /

接下来的这篇文章还是出自《三叶草市电子报》，刊于上一篇文章发表几天后。文章中写道：

阿尔贝托·布尔迪索依然没有出现。他已经失踪七十二个小时了。目前，搜寻人员在城市和周边区域还没有找到太多线索。周三当天，当地警方展开了紧锣密鼓的工作，向布尔迪索的同事、亲属、邻居和朋友取证。消防志愿者协助警方对布尔迪索的住处所在小区及附近地区，乃至乡间公路、庄园、废墟和废弃的住宅，都进行了地毯式的搜查。然而，最终结果依然不尽人意。胡戈·易武萨向《三叶草市电子报》解释道："我们已经对城区和郊区进行了细致搜查和拉网式梳排，但是什么也没有找到。今天一天我们都一直在扩大排查范围，搜查了水渠、阴沟和废弃的农田，但是至今依然一无所获。"人们最后一次见到阿尔贝托·布尔迪索是在上周日的晚上，他出现在科连特斯大街400号，也就是自己家附近。

周三下午，出现了新的重要信息：布尔迪索的借记卡在国家银行的自助机上被找到了。"上周六有人使用了这张卡。"第四警局的易武萨这样说道。负责搜查的工作人员请求克雷蒂库珀银行（发卡行）和国家银行（找到这张借记卡的地方）各分行提供失踪市民布尔迪索的银行流水信息。

/ 9 /

接下来的几张纸被从左上角边缘处装订了起来。父亲基于一段对三叶草市历史的简述进行了修改和扩写，纸上都是他手写的痕迹：

三叶草市诞生于（字迹模糊无法辨认）。并没有任何一个时刻、任何一件事、任何一个人能准确地标志或说明三叶草市建城的确切时间（字迹被抹掉）。三叶草市的三个城区同时兴建，让事情变得更加复杂……帕索镇建于1889年，三叶草镇建于1890年，塔伊斯镇建于1892年。1894年，省里下令要求三镇合并，命名为三叶草镇，其（字迹模糊无法辨认）。1890年1月15日，首列火车从卡涅阿达·德戈麦兹出发，途经（字迹模糊无法辨认），亲朋好友离开家园，到这片（字迹模糊无法辨认）阿根廷中央铁路经过的土地上定居。铁路与三叶草镇建立的时间一致，没有损坏也没有缩小（字迹被抹掉）二者复杂的相互关系形成了（字迹模糊无法辨认）乡村的（字迹模糊无法辨认）。这个名字在修建由英国资本投资的阿根廷中央铁路（字迹模糊无法辨认）的支线时出现，英国公司负责给各站命名，所以（字迹模糊无法辨认）三个相连的车站都因大不列颠帝国的标志而得名：以英格兰国徽上的红色和白色玫瑰命名的"玫瑰站"，以苏格兰国徽命名的"苏格兰刺蓟站"，而"三叶草"则是爱尔兰一种代表性的特色植物（字迹模糊无法辨认）。最初到达我们这片土地定居的殖民者在1889年左右曾（字迹模糊无法辨认）。在1895年，该年的国家统计数据表明，共有三千三百零三名农村居民和三百三十三名城镇居民，其中（字迹模糊无法辨认）大部分是意大利人，不过也有西班牙人、法国人、德国人、瑞士人、南斯拉夫人、俄罗斯人和坐三等舱乘船而来的"土耳其人"，大部分人（字迹模糊无法辨认）。1914年吸纳了克托里奥·德洛伦兹和马尔克斯·德拉托雷两位先生的土地，那里（字迹模糊无法辨认）。1918年我镇进行扩建，租下了一部分土地用以建设警察局，并且修建了演出剧院（字迹模糊无法辨认）。1941年，三叶草镇举行五十周年庆典（字迹模糊无法辨认），决定为此兴建一座纪念碑，由女雕塑家艾丽莎·达米阿诺创作（字迹模糊无法辨认）。经设计，这座纪念碑的底座上刻有四个人物形象，双手交握，象征着这一地区人们的团结合作。顶部则是一位女性，连同麦穗和一袋小麦一起具体表现出丰收的富饶。纪念碑西侧的牌子雕刻着"三叶草镇致敬首批移民"字样。1901年，一小批西班牙人在这里建立了西班牙社团，1905年（字迹模糊无法辨认）由西班牙社团成员利用周日休息的时间进行劳动建成的，因此西班牙社团也获得了为塞万提斯剧院举行落成典礼的权利。1920年到1930年间，剧院得以扩建，进行内部装饰，修建化妆室。这里最重要的节日是每年10月12日举行的"家族节"，即西班牙朝圣节。这一天会举办大型舞会，整个剧院灯火通明，由于当时还没通电，所以用的都是水银气灯。剧院会从首都布宜诺斯艾利斯市聘请乐队和风笛手奏乐，镇里会派专人去火车站接乐队，从车站走到城里街上的路途等于一场游行，一路上，人们手拿分发的火炬，跟随队伍陪着乐手们走到市里（字迹模糊无法辨认）。从1945年起就不再举行这样的活动了（字迹模糊无法辨认）。1949年，三叶草镇决定在镇中心广场上立一个象征国家的桅杆和神坛，因此拆除了原来的（字迹模糊无法辨认）。此外，镇里还提议将中心广场命名为圣马丁将军广场（字迹模糊无法辨认），建立三叶草镇首座天主教教堂，命名为殉道者圣罗兰佐教堂。1921年华金·加西亚·德拉维加神父曾（字迹模糊无法辨认），1925年建成（字迹模糊无法辨认）。这座文艺复兴托斯卡纳风格的纪念建筑（字迹被抹掉）。9月（用铅笔添加了"1894年"字样），文件中提到，由恩里克·米勒斯、圣地亚哥·罗西尼和何塞·塔伊斯几位先生负责修建公墓。同年11

月 19 日，正式建立了名为"意大利之星"的意大利联合会。1896 年卡西米罗·维加（字迹模糊无法辨认）被任命为第一任掘墓人。1897 年决定修建三叶草镇斗牛场（字迹模糊无法辨认），1946 年 9 月 16 日建立了竞技俱乐部。（字迹模糊无法辨认）建立了献血志愿者俱乐部。1984 年举行活动，依据省属法令（字迹模糊无法辨认）将镇升级为市。全国挤奶女工大会（字迹模糊无法辨认），建造南美首台机械挤奶装置（字迹模糊无法辨认）从圣达菲大区各地选派的代表中选拔出南美最佳挤奶女工（字迹模糊无法辨认）授予其"国民女王"的称号。第一届挤奶女工大会由三叶草竞技俱乐部在（字迹模糊无法辨认）探戈舞厅举办，由于在最后（字迹模糊无法辨认）受到三叶草市民间音乐的强烈推动，市民们做梦都盼望着它能流传下来（字迹被抹掉），2 月，由三叶草市市政府组织，在闪闪发光的赛车场上举办。这次庆典安排了花车游行、化装游行、狂欢节女王选拔、泡沫游戏和流行民间舞蹈（字迹模糊无法辨认），一切都在知名的"潮湿的潘帕"的中心地带举行。从耕地数量和质量角度来讲，"潮湿的潘帕"是南美洲最大，也是世界上最重要的谷物产地之一，适合种植各种各样的蔬菜，饲养各种各样的牲畜。

/ 10 /

下一篇文章和之前的几篇一样，也来自《三叶草市电子报》这家媒体。这篇报道刊于二〇〇八年六月六日，上面写道：

目前，对失踪市民布尔迪索的搜寻工作正在紧张地进行，奥里埃尔·包杜克警官向《三叶草市电子报》透露了搜寻工作的一些细节。包杜克警官称："我是出于个人原因及职业需要而开始参与搜索工作的。消防局的工作人员自告奋勇地提出帮忙搜寻，和警方一起进行了地毯式的搜查。例如昨天，消防局搜查了玛利亚苏珊娜、班杜利亚斯和罗斯卡尔多斯等农村地区，一无所获。"为了找到失踪的布尔迪索，搜查已不仅限于三叶草市内。对此，包杜克指出："从周日开始，失踪者的照片已发往全国各大警局。他周日下午六点前的行程我们比较清楚，当时他去了某处民宅。周日下午六点以后到底发生了什么，就没人能给我提供任何信息了。我现在无法告诉你失踪者在那个地方究竟做了什么，说了什么，因为这现在还属于警方机密。"

此外，包杜克警官澄清了现在市内流传的几个谣言："我不太相信有人周一早晨在一家银行分行还见到了失踪者这种说法。失踪者的借记卡是在有人最后一次看到他之前找到的。甚至我现在还能够调出在失踪者家中找到的银行卡的票据。我们现在请求有线索的群众给我们提供有效信息。"

/ 11 /

下一张纸上打印着一系列数据，好像是从某本百科全书上摘录下来的：

南纬 23°11′21″，西经 61°43′34″。高于海平面92 米，344 平方千米，约 10,506 位居民，地域：三叶草市，邮政编码：S2535，电话区号：03401。

这一串数字下面还有几行手写的笔记，可能是父亲留下的，写着：

两支足球队，三叶草竞技俱乐部队和特快竞技俱乐部队；"天朝"和"绿色小虫"；以及"圣罗兰佐俱乐部"，位于教堂旁边；四所小学，两所中学，一所特殊学校；16,000 位居民。

12

布尔迪索失踪案毫无进展。阿尔贝托·何塞·布尔迪索依然没有出现，仿佛自从上个周日起，他就被大地吞噬了一般。布尔迪索失踪一周后，有用的数据和线索依然寥寥无几，只有上周六人们在国家银行的自动取款机里找到的他被吞的银行借记卡。之后，大家对他的行踪就再无所知。布尔迪索在三叶草俱乐部的同事们分发传单，告知其他市民失踪一事，并表明他们十分想获得线索。然而，警方现在所知甚少，已知的信息也都因为保密而无法对外透露。消防志愿者上周四结束了对于整个地区的搜查，坊间一直流传的"失踪的三叶草俱乐部员工布尔迪索已经死亡，遗体在井里被发现"这一谣言上周末已经被警方辟谣。警方发布了多个声明，同时仍在不同区域进行搜查。三叶草市的市民们强烈要求警方给出一个合理的解释，更希望警方能够找到答案，解决这起离奇的失踪案。市民们觉得无法置身事外，既然布尔迪索会消失，那么同样的事也有可能发生在三叶草市的任何一位市民身上。(《三叶草市电子报》，2008 年 6 月 9 日)

/ 13 /

我在文件袋里找到了一张当时的传单，左上角已经皱成一团。传单上印着失踪的布尔迪索的照片，和四号《三叶草市电子报》刊登的文章中使用的那张完全一致。传单写道：

寻人启事：

阿尔贝托·何塞·布尔迪索。

最后一次被目击于 2008 年 6 月 1 日。如您有任何信息，请与三叶草竞技俱乐部集团的员工联系。

也可以直接打 101 报警，或打 100 报火警。

有任何信息，我方感激不尽。

布尔迪索同事留。

在《三叶草市电子报》上，还刊登有一篇题为《你对布尔迪索失踪案怎么看？》的调查问卷，让读者能够了解对于布尔迪索失踪一案现有的主要猜测以及三叶草市市民对于本案的看法。调查的主要结果如下：

布尔迪索会出现（2.38%）；布尔迪索不会再出现了（13.10%）；布尔迪索会生还（3.57%）；再次出现的只会是尸体（25.00%）；他只是不告而别了（4.76%）；本案涉及一起激情犯罪（25.00%）；有人绑架了布尔迪索（8.33%）；布尔迪索因为自然原因已经在某地丧生（3.57%）；布尔迪索由于某些原因离开了本市（2.38%）；不知道对此有什么想法（11.90%）。

快速地浏览一下这些数字就能够让人明白，本市的大部分市民都认为（许多人都参与了寻找布尔迪索的行动，这一点已经过该报证实），找到布尔迪索的时候，他一定已经丧生了，他的失踪源自一起激情犯罪。但是，有谁会对一名普通的乡村俱乐部员工痛下杀手呢？布尔迪索的性格和福克纳笔下的人物十分相似，活脱脱是个不太聪明的普通人。他一直被整个城市排挤，只有一个很小的朋友圈子，为数不多的那么几个人对他还算友善。大多数人对待他就像对待一阵沙尘或者一座山丘，失踪前，人们对他的一切都漠不关心。

/ 15 /

顺便提一句，如果把刚刚提到的那个调查的所有结果比例加起来，总和是99.99%。剩下的0.01%就是问卷中缺少的信息，或者只是数据统计上的空缺。这0.01%的空缺仿佛就是失踪的布尔迪索本人，仿佛他就在那里，就是那无法言说，无法被归类、命名的部分。除了调查作者想到的这些可能的情况之外，也有另一些未被提及的遗漏选项——尽管有些选项一看就不可能发生，一看就大错特错，但在这里还是要简单地提一下：布尔迪索中了彩票，布尔迪索决定去旅行而现在人在法国或者澳大利亚，布尔迪索被外星人绑架了，诸如此类——所有的这些猜测只证明了一件事：现实完全无法用数据调查去还原。

/ 16 /

　　布尔迪索失踪第十天：阿尔贝托·何塞·布尔迪索独居于三叶草市科连特斯大街400号的家中，距离他工作的三叶草俱乐部约有四个街区。从很多年前起，每周一到周六的上午和下午，他都会去俱乐部上班。布尔迪索是一个简单的人，为人和善，在朋友中很受欢迎。他几乎没有亲人，除了在三叶草市的乡下有几个熟人，但是也并不来往。……6月2日周一那天，布尔迪索没有去上班，他在三叶草俱乐部的同事们觉得非常奇怪，下午向警方报告了布尔迪索的失踪。就在周一这天晚上，他的朋友们去了他家，发现他的自行车被扔在院子里，旁边是他无比忠诚的宠物狗，平常对他寸步不离。……三叶草市的消防员展开了地毯式的梳理，将布尔迪索的家从里搜查到外。他们搜查了每一条乡村公路、每一处废墟（已经荒废的村宅）和无人居住的房屋，还有每一个湖泊、阴沟和沟渠。绝望的搜查持续了四五天，范围甚至扩大到拉斯班杜利亚斯、博科、普埃布罗卡萨斯、玛利亚苏珊娜和罗斯卡尔多斯等地。……然而，距离布尔迪索的失踪已经过去了十天。另有与之相关的不可忽视的信息：被人们亲热地称呼为"布尔迪"的布尔迪索在三年前收到了一笔钱……而现在这笔钱却一分不剩。失踪前，布尔迪索靠三叶草俱乐部的薪水维持生活，俱乐部在每个月的最后一个工作日发薪（很巧，失踪前的那个周五，布尔迪索领取了他当月的薪水）。布尔迪索是一个只交"临时朋友"的人，而且朋友也不多。

人们对他的行踪一无所知。没有目击者，也没有任何相关的流言流传。整个三叶草市，大家窃窃私语的都是这件事，就好像在恐惧，如果对此事放任自流，明天就会有同样的悲剧降临在我们之中的任何一个人头上。

对此，包杜克警官表示："市民们的态度并没有让我感受到压力，因为这样的事情总会发生，我们警方正努力解决（本案）。……现在我们已经有了新的证据，也有了新的调查方向。接下来的几个小时里有望出现新的进展。……在这里，我郑重请求愿意参与此事并有线索的市民与我们合作，我们欢迎市民提供任何信息。没有罪犯被捕，因为从本质上讲，并没有任何犯罪行为。很显然，如果失踪者被找到时已经丧生，本案就不再仅仅是一个寻找市民下落的案件，我们警方将需要研究其他的问题。"

此前包杜克警官还表示："在布尔迪索的家中我们没有发现任何暴力迹象，也没有任何现象显示他是出门旅行了。房门紧闭，当然还有其他的一些细节佐证。"（《三叶草市电子报》，2008 年 6 月 11 日）

/ 17 /

读了《三叶草市电子报》刊登的这篇文章就会第一次明白，布尔迪索失踪案是如何演化成一个政治事件的，这的确有点可悲，也的确令人困惑，但是也非常幼稚——这桩失踪案转化成了一种影响整个群体的不确定性威胁。"人们对他的行踪一无所知，没有目击者，也没有任何相关的流言流传。整个三叶草市，大家窃窃私语的都是这件事，就好像在恐惧。"这篇文章的佚名作者如是写道。但是，作者却一直没有清楚地写明这篇文章的主人公，也就是失踪的布尔迪索身上，究竟发生了什么，背后隐藏的是事故还是谋杀，是否与布尔迪索曾经收到而现在一无所剩的那笔钱有关。为什么一个平淡无奇的市民会收到一笔巨款呢？我想问，那位警官提到的所谓"细节"又是什么呢？从这一点看，三叶草市市民担忧的已经不再是布尔迪索的失踪本身，而是由此引发的一种群体性的恐慌，人们害怕悲剧会再次上演，害怕失去三叶草市这种近乎世外桃源的宁静生活。从这个角度来讲，个体受害将无法避免地演化为群体受害，下面这篇《三叶草市电子报》六月十二日刊登的文章对此予以证实：

> 十一天前神秘失踪的市民阿尔贝托·布尔迪索的朋友们在圣马丁广场组织了一场游行示威活动，要求当局解决此案。一段时间以来，这起失踪悬案牵动了全体三叶草市市民的心。集会定在下午五点举行，预计届时参与人员将不在少数。玛贝尔·布尔加在周三上午接受三叶草市电台采访时指出："希望所有认为应该为阿尔贝托发声的、为维护三叶草市的安全而发声的市民都能来参加这次活动。"

/ 18 /

接下来，我在父亲的文件袋里找到一张折了四折的三叶草市地图。地图上用黄色的记号笔、红色圆珠笔和蓝色圆珠笔做了标记：黄色的记号笔标记了被搜查的所有区域，蓝色圆珠笔标出了负责调查失踪案的警察进行排查的路线，红色的圆珠笔标出了另一个人的调查路线，主要搜查了警察没有找过的地方，比如小树林、郊区废弃的房屋和附近的小溪。地图的边缘有一些手写字，因为写得太着急，而且受到地图边缘的空间限制被迫写得很小，几乎看不清楚。但我还认得出这是父亲的笔迹。这张地图破旧不堪，右上角还有泥土的痕迹，让人不得不猜想，父亲在三叶草市的土地上寻找失踪的布尔迪索时，用的正是这张地图。

/ 19 /

《三叶草市电子报》六月十三日刊登的一篇文章标题：《现在开始启用警犬搜寻布尔迪索》。

20

同一天，其他地方媒体首次对布尔迪索失踪案表现出兴趣。在父亲的文件夹中，有一张某萨里奥市《大都会报》上所刊登新闻的复印件，题为《三叶草市组织游行声援对一名失踪市民的搜寻行动》。有人（我猜是父亲）用下划线着重标出了其中的一段文字，内容如下：

> 反对凶手逍遥法外，挽救市民生命安全——这是本次游行活动的诉求。人们要求政府调查市民布尔迪索失踪案的每个细节。……在受害者布尔迪索的家中，一位警方人员发现灯还开着，室内有过搏斗的痕迹，且有明显的财物丢失迹象。……周二，三叶草市的一家银行向当地警方报告说，该行自动取款机吞了一张银行借记卡，持有人正是失踪的布尔迪索。然而，银行并没有监控录像，警方无法通过图像辨认当时是谁最后使用了这张银行卡。此外，这张借记卡被吞的时间是上周六（5 月 31 日）正午，也就是布尔迪索失踪前二十四小时……经过调查，警方得知，那笔钱很早就被布尔迪索挥霍殆尽，其中的一部分用于购买房产，是与短暂陪伴过他的女性中的一位合资购买，此

外他还置办了几辆车。警方还得知，自从得到这笔钱，布尔迪索就与"不三不四"的人混在了一起，过上了挥霍无度的生活。……

21

不明就里的读者可能会问，为什么外地报纸说警察在失踪的布尔迪索家中发现了暴力行为的痕迹，而三叶草市本地的报纸却坚持并非如此，还说布尔迪索的朋友去找他的时候，只看到了紧闭的大门和他的自行车，而且还用一种文绉绉的手法描述布尔迪索"无比忠诚的宠物狗"依然守在门前，"平常对他寸步不离"。读者可能会问，为什么最后一次有人使用受害者的借记卡时，银行自助提款机的监控摄像头不好用了呢？读者可能还会疑惑，报道中提到的那些"不三不四"的人到底是谁？不过这一点只要是在三叶草市居住过的人都知道，在这里，所谓"不三不四"的人就是那些并非在三叶草市土生土长的人，也就是外地人，哪怕这个所谓的"外地"指的不过是距离三叶草市几公里的地方，他们可能只是出生在河流的另一端、长满蓝桉树的山丘的另一面或是铁路的另一头，总之是三叶草市以外的世界。对于三叶草市的市民来说，外面的世界荒凉而充满敌意，寒冷刺骨却无一衣蔽体，烈日灼肤却无片荫遮阳。

22

从这个角度看，父亲收集的这些文章大同小异，而读者总会读到诸如此类的句子："消防员在乡下搜寻布尔迪索""……毫无收获……""消防队长劳尔·多米尼奥向……表示'没有线索，搜索非常困难'""上周五，警方、消防队和市政机构再次展开对布尔迪索的搜救工作……本次搜救将会投入更多人手，对每个区域进行拉网式排查""圣达菲警局的警犬特别行动队和专业警探加入搜救工作，但是依然没有布尔迪索的踪迹"等等。在所有的文章中，最引人注目的是某萨里奥市《市民和地区报》上刊登的一篇文章，其中一句写道："阿尔贝托·何塞·布尔迪索一直独居于三叶草市科连特斯大街 400 号的家中。"我知道父亲就曾在《市民和地区报》工作过，我也知道这句话中隐含着什么：作者用了"一直"，而不是"曾经"，用了现在时态，而不是过去时态，一切期待和希望都体现在这个持续到现在的"一直"上。我明白，这篇文章的作者一定是我父亲，他并不固守新闻写作的惯例，而是偏爱更加简洁的风格，他的短句毫无矫揉造作的修辞，也没有拐弯抹角的委婉，而是直截了当地告诉读者自己的观点、意愿和希望：阿尔贝托·何塞·布尔迪索还活着。

23

这是一场参与人数接近一千的大型群体活动。布尔迪索离奇失踪，嫌疑人逍遥法外，案件到现在依然毫无头绪，引发了三叶草市市民的集体声讨。

周一是节假日，自当天下午五点起，三叶草市圣马丁广场上就站满了自发聚集起来的市民。市民们签署了罢免圣豪尔赫市法官埃拉迪奥·加西亚的请愿书。……活动的第一项内容是布尔迪索儿时的校友罗伯特·马乌力诺医生作为代表向公众发表讲话。……面对关心布尔迪索案的热心群众，医生表示，他们会继续签署请愿书。接下来，本次游行示威的组织者之一加夫列尔·皮乌梅提和他的母亲表示……参加此次示威活动的群众为组织者的发言鼓掌叫好，大喊"我们要正义！我们要正义！"，呼声响彻广场，经久不息。

几位代表发言后，人群中有人大喊"让警察局长出来讲几句吧！"。此时，三叶草市第四警局局长奥里埃尔·包杜克警官表示……参与游行的群众随即热烈回应，问题此起彼伏。一位女性市民问道："为什么在布尔迪索失踪十天后，警方才派出警犬搜救？"紧接着又有人问道："为什么布尔迪索失踪两天以后，警方就把他家搬空而且进行了清扫？不是应该拉警戒带保护现场吗？"这一刻，圣马丁广场的紧张气氛达到顶峰，人们把目光都锁定在包杜克警官这位当局最高领导的身上，等待着一直都没有等到的回答。还有许多市民抱怨街上缺乏管控、市里没有进行认真排查。……听完市民的声音之后，包杜克警官发言……

之后，费尔南多·阿尔马达长官也应群众的要求进行了发言……除了阿尔马达，出席本次游行活动的还有市政议会的几名成员，以及一位前军官、现在在市政府任职的官员……和阿尔贝托·布尔迪索工作的三叶草俱乐部的管理委员会工作人员。（《三叶草市电子报》，2008 年 6 月 17 日）

24

报道的下方有一张照片，照片上面的一群人——也许真的像这篇报道的佚名作者说的有一千人之多，但是我感觉实际上看起来不像——在听一位秃头的先生讲话。照片的背景是一座教堂，我对它还有印象。教堂旁有一座与其他部分根本不成比例的塔楼，看起来好像一只蜷缩在岸边、伸长脖子捕食的天鹅。看到这座教堂，我就想起父亲有一次告诉过我，这座教堂以前还有一座古塔，当时被地震或是其他类似的自然灾害给毁坏了，我的曾祖父还曾冒险登上去打扫过倾塌的残片，以便之后重建新塔。这件事听起来微不足道，实际却是十分英勇的壮举，因为木结构的古塔经历长期的风吹日晒已经腐朽，曾祖父是冒着生命危险在清理，这件事也父传子，子传孙，在家里代代相传，直到我们这一代。然而，这一瞬间我却想不起来，这个故事到底是由父亲讲给我的，还是由我自己把印象中细瘦的古塔和记忆中祖父一辈的形象联系在了一起而自己编出了这个故事。以至于直到今天，我还是不太清楚，究竟是我的曾祖父还是曾外祖父曾经登上过那座古塔，我更不清楚那座塔是不是曾经被损坏过，因为三叶草市向来很少有自然灾害，也很少发生地震。

/ 25 /

"本市一年内发生了一起谋杀、一起失踪、一起绑架案共三起案件。"另一篇文章中这样写道，而且强调是"三起未破获的案件"。

/ 26 /

这里，关键词"失踪"再次出现，在所有的文章中，它一次又一次地以这样或那样的方式重复出现，就好像葬礼上佩戴在翻领的花结，在所有疲倦不堪、遭遇不幸的阿根廷人的胸口一次又一次地出现。

/ 26 /

某萨里奥市《大都会报》六月十八日晨报版刊登的一篇文章扩充、修正并深化了之前那篇文章所提供的信息：三叶草市举行的游行示威活动聚集了八百人，而不是一千人。现场群众在起草的请愿书中指出"不仅仅要调查失踪者的下落"。在大部分的发言中，群众们用的不是过去未完成时就是简单过去时，这意味着在场的示威群众实际上默认失踪的布尔迪索已经被害，希望司法机构认真考虑这一可能性。同时，越来越多的人呼吁并明确警告，布尔迪索失踪一案揭示出，三叶草市的任何人都有可能遭受同样的飞来横祸。这一观点把焦点从一个简单的刑事案件转向了一种无处不在的、群体化的安全威胁。因此，我们可以说，参加此次游行示威活动的八百名群众——八百人，对比三叶草市共一万三千名居民，这个数量就像另一篇文章中说的那样，无足轻重——已经不再是为布尔迪索索求公平，而是开始为自己、为家人要求正义。没有人希望重蹈布尔迪索的覆辙。然而，到那时为止，没有一个人了解布尔迪索究竟遭遇了什么，也没有人问过，到底为什么这样的事情会发生在布尔迪索身上，而不是发生在其他人身上，发生在某个试图用游行示威或请愿文书驱散心中恐惧的人身上。

/ 27 /

二〇〇八年六月的十八日和十九日两天，《三叶草市电子报》上刊登了几封读者来信，其中一封匿名信中的黑色幽默颇为引人注目。这篇文章中说，是该为失踪案组织游行示威，可失踪的要不是布尔迪索，而是自己所支持的球队的对手球员们才好呢。还有一封信，写信人在其中问道，布尔迪索是不是"被吞进了地下"。

/28/

六月十八日又刊登了一份调查问卷，其结果和一周前发表的那篇略有不同：

布尔迪索会出现（现在 2.64%，以前 2.38%）；布尔迪索不会再出现了（现在 11.45%，以前 13.10%）；布尔迪索会生还（现在 2.64%，以前 3.57%）；再次出现的只会是尸体（现在 28.63%，以前 25.00.%）；他只是不告而别了（现在 5.29%，以前 4.76%）；本案涉及一起激情犯罪（现在 24.67%，以前 25.00%）；有人绑架了布尔迪索（现在 5.29%，以前 8.33%）；布尔迪索因为自然原因已经在某地丧生（现在 2.20%，以前 3.57%）；布尔迪索由于某些原因离开了本市（现在 5.73%，以前 2.38%）；不知道对此有什么想法（现在 11.45%，以前 11.90%）。

/ 29 /

另一篇文章的题目如下：《刑事学专家前来我市调查布尔迪索失踪案》，刊发日期是二〇〇八年六月十九日。这篇文章中，地区十八分局的一名警察向读者解释了当地警方在本案中受到质疑的一些行为：警方迅速调查了布尔迪索的住宅，却迟迟未派出警犬搜查。针对此事，戈麦兹博士指出："这是两件截然不同的事情。关于当事人的住宅，我们应该了解的是，如果没有证实悲剧事件的发生，就无法强行要求住宅空置。至于警犬队，则是用来寻找更加细节性的线索的。警犬队已经去过并将再次前往现场。目前，我们正在全国范围内寻找布尔迪索，从本案发生的第一时间起，我们就已经开始全国搜寻了。"戈麦兹博士还表明："我们现在还在寻找布尔迪索，希望他能够生还。"

30

二〇〇八年六月二十日的《三叶草市电子报》的一篇文章中，拉凯尔·P.索普兰兹如是说道：

> 这起失踪案中，当事人布尔迪索如果是自己离开的，我恳求他能够尽快回来。如果找到布尔迪索时他已经遇害，我希望能够早日将凶手绳之以法。我恳求所有参加过 17 日游行示威活动的人把这件事当作一个任务、一项承诺去做。无人能够置身事外，布尔迪索的遭遇可能发生在我们任何一个人的身上。

如果继续阅读父亲文件袋里的材料就能发现，六月二十日那天的《三叶草市电子报》里印着一张旧照片，图中，现代机械在闲适安静的田园风光里显得格格不入。照片下面还有一行字："现在，在一口废弃的井里找到了一具尸体。"

今天上午，大约 10 点左右，三叶草市消防队志愿者分队经过高密度的搜寻，在一口废弃水井的底部发现了一具尸体。发现地位于距离三叶草市八公里的乡村地区的一处废墟（是一座已经废弃的破旧建筑），附近有两口老水井。尸体隐没在瓦砾堆和枯枝败叶之下。警方搜查了附近区域，消防队则在水井的洞口外作业，大约到中午时，尸体终于从井中被打捞出来，是一具体重 85~90 千克、身高约 1.70 米的男性尸体。死者身着长裤、蓝色外套和白色 T 恤衫。圣豪尔赫市法官埃拉迪奥·加西亚率领位于萨斯特雷地区十八分局的特别行动队赶到现场。

法医帕博罗·坎迪斯对尸体进行了初步检查，之后尸体被运往圣达菲市进行解剖检查。

"目前我们尚不掌握本地区内其他失踪案例的相关资料。"地区十八分局副局长、高级警官奥古斯汀·耶德罗在办案现场向本报透露。耶德罗警官还表示："有人来过这片区域，在井边闻到了强烈的气味，就报了警，于是我们赶到此地。周四下午我们展开了紧锣密鼓的工作，直到天实在太黑了，光线不足，我们才决定暂停，等到周五早上再继续。因此我们第一时间就赶到了这里。"

井底打捞出的尸体与整整二十天前神秘失踪的受害者阿尔贝托·布尔迪索的体貌特征相符。

/ 33 /

文章里配了几张照片。第一张照片中，五六个人弯着腰看向井口，因为都弯着腰，看不到他们的脸，不过能够看到其中一个人，从左边数第三个，也是站在人群最中间的那个一头白发，戴着眼镜。下一张照片展示的是人们用绳子绑着一位消防员，把他送到井下的情景。消防员戴着一只印有数字 30 的白色头盔。第三张照片中，消防员已经进入到井下，外面的光线基本照不到井底，消防员头盔上的照明灯也并没有怎么照亮周遭的环境。第四张照片中是三位拿着装备的消防员，照片的背景里有一个盖着黑色塑料袋的棺材，或是盒子。接下来的两张照片中，能够看到五六个人抬着棺材，其中一个人用手绢捂着脸，也许是不想闻到尸体散发出的气味。接下来的照片里，消防员将棺材抬上一辆小卡车，可能是救护车，也可能并不是，还

有一个人手揣在兜里录像，另外两个人在笑。从最后一张照片可以看出它们的排列顺序是被打乱的，因为这张照片中的棺材还没有被抬上车，还放在地上。地上满是大土块，棺材上沾满了黑色的泥土，棺材孤独地停放在那里，旁边一个人也没有。

/ 34 /

问："警方找到的这具尸体，拥有符合布尔迪索身体特征的一处伤疤吗？"

答："警方找到的这具尸体的确在躯干上有一处明显的伤疤。"

问："对尸体的解剖检查得出了什么结果？"

答："尸检将确定受害者的死因，以及该尸体腐烂到了当前程度的原因。"

问："尸体处于何种状态？"

答："尸体呈现出一系列迹象，医生将在尸检报告中详细说明。"

问："所谓的'迹象'指的是什么？受害者是否曾遭受殴打？尸体上有伤痕吗？"

答："确实如此。医生们已经确定了结果，医生们发现的细节将有助于法医的检查。"

问："伤痕是在脸上还是身上？"

答："是在身上。"

问："受害者受的是枪伤吗？"

答："基本没有观察到枪伤。"

问："受害者是被钝器所伤吗？"

答："目前没有收到细节报告。"

问："有人被逮捕吗？"

答："三叶草市以及该地区的其他市镇中有相关人员正在接受调查。"

问："审讯结果能够改变警方目前对这起失踪案案情的猜测吗？"

答："这个结果由主审法官判定。"

问："是否有人员在逃？"

答："相关人员都会出庭，现在他们正在有关机构的控制之下。"

问："在该乡村地区发现尸体的报案人是谁？据称是一位猎人，信息是否属实？"

答："尸体发现人可能从事狩猎，并闻到了尸体的气味。"

以上是《三叶草市电子报》的记者（记者性别无法确定）与地区十八分局的豪尔赫·戈麦兹警官的对话，刊登于二〇〇八年六月二十日，文章题为《据现有信息，我们认为警方发现的尸体正是阿尔贝托·布尔迪索》。

/ 35 /

我们是周四晚上随警方人员一同前来的。现场留有一些痕迹，一切情况都表明，可能存在一些有用的线索。那个地方就算是在白天也让人感觉非常不适，极度危险，夜间根本无法继续进行调查工作。因此，我们总共派来了十八个人，深入井下十余米进行作业，并带着三脚架和相关工具，尽量减轻搬运尸体和将工作人员拉回地面的负担。……我们已经不是第一次承担这样的工作了。……哈维尔·伯格马斯克和被大家称作"梅里"·马赛尔的两名消防志愿者承担了最为繁重的任务，但这项工作必须团队协作才能完成。

以上是三叶草市消防志愿队队长劳尔·多米尼奥接受

《三叶草市电子报》采访时介绍的情况，刊登于二〇〇八年六月二十日。

36

在尸检结果公布前，各种线索的不断积累——尤其是由地方十八分局警长接受佚名记者采访时披露的伤疤这一细节——以及市民们对找到失踪的布尔迪索表现出的不容忽视的强烈意愿已经把人们的情绪带到顶峰，可以说，不管当事人是死是活，只要找到就好，所以市民们一听到发现尸体的消息，就立即认为那正是失踪多时的布尔迪索。事实上，父亲收集的材料中，下一篇六月二十一日发表于《三叶草市电子报》的文章，已经对此直言不讳，公开确认这具尸体就是布尔迪索本人。文章直截了当地用《布尔迪索的尸体将于下午一点左右到达我市》作为题目，并且披露了安置遗体的地点：殉道者圣罗兰佐教堂，四天前，三叶草市市民正是在这所教堂前举行了游行示威活动。三叶草市将沿着圣罗兰佐、恩特雷里奥斯、坎迪奥特和科尔多瓦等街道送别布尔迪索。但是，细心的读者不可能轻易地接受"井里的尸体"和"布尔迪索失踪案"之间的联系，只要仔细想想就会发现不合理的地方：谁会想到谋杀一个福克纳爱写的白痴，一个有着成年人的外表、但头脑还停留在孩子的阶段的平淡无奇、浑浑噩噩的人呢？布尔迪索不喝酒、不赌博、生活贫穷，每天上班做的无非是打扫泳池、铺桌布这样最简单的活。在资料中接下来几天的报纸上，这个问题频繁地出现，布尔迪索究竟为什么会被谋杀也许已经成了公众性的疑问。而在个人层面上，也有一个问题，一个我根本没办法去询问别人，只能问自己，可又不知道该如何回答的问题：究竟为什么父亲会对布尔迪索的失踪表现出这么大的兴趣？父亲可能根本就不认识这位布尔迪索，或者两人曾在市里擦肩而过，见过一两面，大概知道他叫什么，或者也能想起他父亲叫什么，但仅此而已，并不具有任何含义。对于父亲来说，这样的人应该与市里的一座山、一条河或者一处寻常的风景并无二致。我一直在想，这件事的背后隐藏着双重谜题：第一，布尔迪索遇害的具体情形究竟是什么样的；第二，为什么父亲要如此努力地研究这桩案件，仿佛这是解开他现实生活中最大、最深的秘密的一条必经之路。

37

资料里还有更多的照片：一张照片上，一辆白色的汽车停在人群面前。人群中主要都是孩子，站在一座建筑物的门前鼓掌，旁边还有一幅写着"三叶草竞技俱乐部 M. S. 和 B."字样的横幅。我不知道这些字母是什么意思，但是照片上有一个肌肉发达得不成比例的男人蹲在地上，手里拿着一只盾牌，上面写着"C. A. T."①，这个我倒是知道。车窗中伸出几束花，仿佛马上就要掉到柏油马路上了。接下来的一张照片从另一个角度照了同一个场景，拍摄者本人就站在悼念的人群当中。从他的这个角度能够看到，对面的人行道上也有一批人在围观。接下来还有几张照片，从不同角度展现了同一个时刻发生的一件事，其中，最引起我注意的是场景中的反差感：举着带有缩写的横幅的赤裸身躯和周围衣冠楚楚的观众之间形成了鲜明的对比。接下来的照片中，有两张都是照的一个站在车旁说话的秃顶老人，戴着眼镜，穿着深色的大衣；从车窗中伸出一束鲜花，有人在这束花上系了条领带，或是装饰用的丝带之类的，上面还写了一句话，但是只能看清"委员

---

① 即"三叶草竞技俱乐部"的缩写。

会"这个词。照片上的那个老人十分眼熟，我在想，他是不是在我小时候帮我从嗓子里取出鱼刺的牙医，我还记得他颤抖的双手，他颤颤巍巍拿镊子的样子比鱼刺本身更让我感到恐惧。接下来的这张照片我觉得很好辨认，答案如泉涌般冒了出来，就仿佛并不是照片勾起了我的回忆，而是记忆逆流而上，自己溯源而来一般。照片上，三叶草市本地公墓的入口站了十几个人，他们自发地在花车前排成一行；照片的背景里有一株棕榈树，仿佛在寒风中瑟瑟抖动。接下来的那张照片从另一个角度照了这一群人，从拍摄者所在的角度能够看到细细的一排树，平坦而空旷的大地一直延伸向远方。接下来的两张拍的是下葬的过程。一张照片里，一群人正拿着花圈前进，穿过公墓的正门，走向拍摄者所在的位置。照片中的人像模糊不清，如果只是匆匆一瞥，会觉得影像已经变形，只能看见部分细节，比如一张长着胡子的脸、一排栅栏、两条领带、一件外套、一个孩子惊恐的脸、一件羊毛衫下面配一条休闲裤、一个向后看的人，等等。另一张照片里，四个人抬着棺材站在墙上挖出的墓穴附近，其中一个人背对着镜头，另一个人直直地看向拍摄者的方向，表情略带指责。还有一张照片上是一块纪念牌，上面写着"此处安眠多拉·R. 德布尔迪索 + 1956-8-21（也可能是 1958，照片太不清楚了）/ 爱你的丈夫和儿子"。也许这是棺材被安放于墓穴之前被拍到的，"多拉"可能是死者的奶奶或是母亲，也许这是布尔迪索的家族墓穴吧。但问题又来了：他的父亲又是被安葬在哪里呢？

/ 38 /

接下来是关于这起事件的最后一张照片。看到这张照片时，我感到既困惑又茫然，如同刚刚看见一具行尸走肉从路上走来，地狱般的如血残阳映照着他的背影。因为照片里有我的父亲。那时的他和现在躺在医院病床上的他一模一样。近几年，他掉光了头发，消瘦的脸上留着雪白的胡子，面色无比苍白，和我印象中的爷爷很相像。照片里的父亲戴着巨大的无框眼镜，就是警察或者黑手党戴的那种，穿一身白色大衣，手插在兜里，脖子上围着一条方格围巾，好像是某一次我送给他的。他正在讲话，围巾盖住他的喉咙。父亲的身边围着一些人，都看着他，脸上满是难过，就好像他们知道此刻正在谈论死亡的父亲马上就会成为死者间的一员，而他却还一无所知，他将会像所有逝者一样，坠入昏暗漆黑而深不见底的幽冥世界。父亲还不知道这些，他们也不想告诉他真相。父亲的背后站着十一个人，让他活像个刚刚输了比赛的球队里绝望的主教练。这十一个人中，有一个人穿着西装打着领带，其他人都穿着皮夹克，还有一个人围着长长的围巾，感觉围巾快要把他勒死了。有的人看着地面。我看着照片里的父亲，不明白他在那里做什么，不明白为什么要在墓地里讲话，不明白他为什么一定要选在那样一个寒冷的下午——在那样一个下午，活人明明应该添衣穿暖，用厚实的棉衣保护自己；死者本应入土为安，用厚重的泥土保护自己；所有人都应该追忆往昔，用一段段铭刻于脑海中的抚慰人心的记忆保护自己。

/ 39 /

二〇〇八年六月二十一日的《三叶草市电子报》上刊登了这样一篇文章，其中写道：

阿尔贝托·何塞·布尔迪索生前过着独居的生活，但离开人世时却并非独自一人。呼求正义的市民们纷纷表示要送他最后一程。殉道者圣罗兰佐教堂举行了告别布尔迪索的仪式，现场座无虚席，之后，送葬队伍改道从三叶草俱乐部前走过，并受到了人们热情的迎接。场面……首轮热情鼓掌后，罗伯特·马乌力诺医生表示："布尔迪索生前拼尽全力地生活，几乎一直都在遭受磨难，又以同样惨烈的方式离开人世，在生命的最后也没能获得平静。如今，远在永恒的彼岸，远在未知的世界，阿尔贝托终于可以安息。能够成为他生前的朋友让我无比骄傲，也是我莫大的荣幸。"……马乌力诺医生发言完毕后，布尔迪索的棺椁由上百辆汽车护送，一直到最后一站。……在三叶草市公墓，数百位市民自发陪同布尔迪索的遗体走完最后一程。到达公墓后，被人们亲切地称为"查秋"·普隆的发言人用热情而感人的话语追忆了阿尔贝托·布尔迪索的妹妹艾莉西亚·布尔迪索。和哥哥一样，艾莉西亚在三十二年前的今天，也就是 1976 年的 6 月 21 日，在军事独裁政权之下于图库曼省失踪。

/ 40 /

我明白了。读到这里时我骤然停了下来，我终于明白了，这就是父亲决定收集布尔迪索失踪案的所有信息的原因，一切都形成了一种微妙的对称：一个失踪的男人，一个失踪的女人，彼此还是亲兄妹。很有可能这兄妹二人父亲都认识，而面对两人的失踪时都无能为力。可是，父亲又怎么能阻止此类失踪事件的发生呢？在我读到这一切时，他正躺于医院的病榻上，行将就木。他究竟曾如何思考？想借助何种力量阻止平民的失踪？

/ 41 /

截至此时，一名男子已被释放，但这并不意味着此后不会再次受审。整个地区的调查还在继续进行，嫌疑人们目前被收押在三叶草市和萨斯特雷镇。现在已经收集到了重要的信息。……

"布尔迪索是否有可能死于窒息？"

"关于这一点，稍后我们就能得到答案，但是有关此事目前我们无法证实（存疑）。"

"受害人布尔迪索是落井而死，还是在落井之前就已经身亡？"

"我们正在等待尸检结果和法医报告，之后再做定夺。"

"尸体状况如何？尸体身上是否存在伤痕？是否有受殴打的痕迹？"

"死者身上有遭受殴打的痕迹，但是没有检查到枪伤。"

"现在被警方控制起来的嫌疑人，互相之间是否有关系？"

"嫌疑人之间的确有关系，有些关系十分密切，有些人之间有亲属关系。"

"嫌疑人都是什么人？"

"嫌疑人中共有五名男子和两名女子。"

以上是省警局地区十八分局的豪尔赫·戈麦兹警官接受本报记者采访时的对话内容。（《三叶草市电子报》，6月23日）

/ 42 /

第二天，此家媒体报道指出：

阿尔贝托·布尔迪索死于窒息，生前曾遭受野蛮的殴打。

圣豪尔赫市刑事法官埃拉迪奥·加西亚博士将本案性质修改为谋杀案。法医检测结果表明，布尔迪索的脑部曾受到重击，可能为钝器造成，同时检查出了殴打的痕迹。在被扔进井中时，布尔迪索尚未身亡。

/ 43 /

关于这个案件还有更多的文章：《三叶草市布尔迪索案，已逮捕七名嫌疑人》（六月二十五日刊于某萨里奥市《大都会报》），《布尔迪索案，又一名嫌疑人》（六月二十五日刊于《三叶草市电子报》），《读者赞誉布尔迪索案进展神速》（六月二十五日刊于《三叶草市电子报》），《警方积极攻坚，布尔迪索案不断突破》（六月二十六日刊于《三叶草市电子报》），《广场上，市民们为正义请愿》（六月二十六日刊于《三叶草市电子报》）。还有一篇文章详细叙述了整个故事，于六月二十七日刊登于《三叶草市电子报》：《布尔迪索直到生命的最后一刻还在遭受折磨》。

三叶草市市民惨遭谋杀身亡。根据尸检结果披露的细节，死因为窒息。找到被害人时，警方在尸体上发现了六处伤痕，此外，其手臂和肩部都因为坠井而遭到损伤。警方声明称，遇害人阿尔贝托于周日（6月1日）被带往乡下。阿尔贝托上午7时许外出寻找柴火，在野外遭到殴打，之后被扔进一口长年弃用的废旧古井，即之后的尸体发现地。在将阿尔贝托扔进井中之前，几位犯罪嫌疑人试图强迫阿尔贝托签署文件，加入一桩之前他拒绝参与的交易。根据法医的检查和尸检结果，阿尔贝托·布尔迪索当时并非全无知觉，他被扔到井下之后其实恢复了神志，最后则死于窒息，现在尚未确定为溺水窒息还是幽闭窒息。在尸体旁边，警方发现了布尔迪索随身携带的手机，其中保存的相关来电记录成为破案的重要线索。（《三叶草市电子报》，6月27日）

如果读者认真阅读文章，不在意印刷问题和句法错误，也在读完后思考这些文章的内容，并且接受这些讲述的真实性，那么，他就能够对这个故事有一个大致的概念，并推断出一个大体上前后相符的逻辑：一位男子受人欺骗，被带到一个与世隔绝的地方；绑架他的人在那里拿出一张他并不知情的房产交易票据强迫他签字；遭到拒绝后，绑架者把男子扔进井中，随后男子死亡。如果用一种简单到甚至有些粗暴的方式来概括的话，布尔迪索失踪案与《旧约》中的某些故事不谋而合。在《旧约》中，人们凭着单纯的热情活着，更因为单纯的热情而死亡，他们的命运被握在一个冷酷无情但依然值得人们赞美和崇拜的神祇手上。然而，我们必须明白，布尔迪索失踪案绝不是《圣经》里的传说故事，犯罪分子的作案动机也绝非出自一个任性神明的旨意，当我们读完所有的这些材料时，我们一定不能忘记去思考深藏在案件背后的原因：这样的犯罪行为到底为什么会发生？一起谋杀案为何牵涉如此之广？毕竟，这起犯罪只需一个、两个，或者最多三个人就能完成，甚至都坐布尔迪索开去捡柴火的那辆小车也坐得下。犯罪分子究竟为什么要杀掉布尔迪索？难道是为了抢夺他三叶草市住宅的所有权吗？但《三叶草市电子报》的那位佚名作者曾经在他的文章中写道，布尔迪索的家平淡无奇，毫无特别之处。他家位于三叶草市一个相当简朴的社区，颇具清教徒的朴素风格，不管怎么看，也不是一所豪宅。难道是谋财害命？那笔所谓的巨款到底是从哪里来的？难道钱的数目如此之大，足够让犯罪分子在已经知道杀人的结果是牢狱之灾和死刑的情况下，权衡利弊后仍不惜谋财害命？但是，一个在地方小城市俱乐部工作的勤杂工，是从哪里得到这么一笔能让他断送性命的巨款的呢？如果根据第一手的信息，布尔迪索被扔进的那口井已经废弃干枯，那么他因窒息而死这件事又作何解释？既然在井里的尸体旁发现了手机，说明布尔迪索当时是一直带着手机的，那他为什么不打电话求助呢？他手机上的那些来电又是打给谁的？是打给布尔迪索的还是打给绑架他的凶手的？是在他坠井前打来的还是坠井后打来的？而且，我们还要再问一次这个问题：究竟是谁想要杀掉这样一个浑浑噩噩、平淡无奇、身无分文、穷如蝼蚁的普通人，而且是在三叶草市这样一个小城市里？在这里，一旦有人失踪马上就会被别人发现，而且布尔迪索为人如何、做过什么、在失踪前的最后时刻身边究竟有谁，这样的事情市里许多人都能知道，根本无法掩人耳目。

　　快速读完某萨里奥市《大都会报》记者克劳迪奥·贝隆发表于六月二十七日的文章后我发现，记者贝隆尽其所能，以他能做到最合适的方式解答了我提出的部分疑问：

　　　经过为期三周的紧张调查，三叶草市市民阿尔贝托·布尔迪索失踪遇害案的案情最终水落石出。这名年过六旬的男子……他的尸体被……吉塞拉·科尔多瓦、其兄加夫列尔·科尔多瓦伙同胡安·胡克和马尔克斯·布罗切洛，涉嫌杀人，已被当地司法机关控制。司法机关发布的信息表明，本案的作案动机很有可能是图财，嫌疑人强迫布尔迪索签署一份文件，将他的房产转移到科尔多瓦的名下，由于布尔迪索拒绝签字，嫌疑人将其残忍杀害。经由多方举证，在调查多种可能性后，主管此案的刑事法官埃拉迪奥·加西亚最终判定四名嫌疑人有罪……。省警局地区十八分局的警长豪尔赫·戈麦兹也参与了对布尔迪索失踪遇害案的调查工作，罗萨里奥和圣达菲两地的刑事学组、警犬行动队以及特别行动部队（TOE）也参与到搜寻尸体的工作当中。……目前看来，女性嫌疑人科尔多瓦与另一嫌疑人胡克有暧昧关系，同时声称是布尔迪索的女朋友。胡克和科尔多瓦联手将受害人骗到后来警方发现其尸体的那口废井边。之后，科尔多瓦的法定伴侣布罗切洛掩埋了尸体。

……遇害人阿尔贝托·何塞·布尔迪索的失踪从刚一开始就引发了关注……布尔迪索6月2日没有去上班，此时……而且，人们也在国家银行的自动取款机里发现了布尔迪索的银行卡，应该是在之前的那个周六被"吞卡"的。……此外，根据布尔迪索失踪期间媒体反复报道的内容，布尔迪索曾短暂交往过几名女性，在她们身上也花了不少钱。……对于他的失踪，人们担忧不已，做出种种猜测。……布尔迪索失踪十五天时，即6月16日（周一），群众的不满不断增长，组织了一次游行示威活动，要求当局深入调查，并将结果公之于众。借此机会，将近一千……并签署了请愿书，请求加西亚法官不要仅仅把这桩案件当成失踪案来处理。

最终，布尔迪索的尸首于本月20日被找到。尸体被抛弃在三叶草市东北部距离主城区约七公里处，一座乡村住宅废墟旁的一口水井中。消防志愿队经过三小时的搜查后，终于在当天上午10时许，在早已干枯的水井底部发现了已经高度腐烂的尸体。《大都会报》6月21日刊登的信息指出，尸体被瓦砾、木板和枯枝败叶覆盖，据此排除自杀和意外事故的可能性。

当地一位猎户称，前一天在水井周围闻到了强烈的气味，调查员们在接到报告后赶到现场。当尸体从井中被打捞上来后——打捞工作动用了滑轮和三脚架——调查人员发现，尸体身着三叶草市俱乐部的工作服，躯干上有一道长长的伤疤。诸如此类特征，让调查人员猜测该受害者就是失踪的布尔迪索本人。然而，真正的结果在第二天尸检后才得以证实。……证明，布尔迪索生前主要遭受了窒息和脑部重击，但其实是在坠井之后才身亡的。

布尔迪索于上周日下葬。殉道者圣罗兰佐教堂为其举办了告别仪式。下午，送葬队伍经过了约二十条街道为他送行，经过了他生前工作的三叶草市俱乐部。

警方紧急逮捕了一系列嫌疑人，消息不胫而走。到周三为止，共逮捕了八名嫌疑人，最终四人获罪，等待接受司法的判决。……认识布尔迪索的人坚称，布尔迪索总的来说是一个孤僻、不爱交际又很单纯的人，一定是被科尔多瓦的花言巧语所迷惑欺骗。伙同科尔多瓦杀害布尔迪索的还有罪犯马尔克斯·布罗切洛。布罗切洛出生于卡尼亚达罗斯金，他其实是科尔多瓦的丈夫，而布尔迪索一直以为两人是兄妹关系。

/ 47 /

文件袋里的文章复印件上，父亲用黄色荧光笔特别标出了一段话，我第一次读的时候对这部分内容并没有太多注意，但是作为记者，父亲比我优秀得多，足够给我的老师们当老师，因为他经历了几乎是行业形成前时代的洗礼，学习的方法和内容都与现在大学教给学生的那些东西完全不同。一直以来，我和父亲之间都被一种无意识的传统、一种老式的严格、一种新闻行业独有的意志和挫败感紧密地联系在一起，这也成为我们父子间的羁绊。父亲特别标出来的那一段话是：

布尔迪索身边曾有一群社会边缘人士，很多人都有刑事犯罪的前科。……布尔迪索享年六十岁，独居在科连特斯大街 400 号自己的家里，距离他工作的俱乐部不过四个街区。布尔迪索的亲妹妹在军事独裁年代失踪，因此他已经没有直系亲属了。由于妹妹的失踪，……两年前，布尔迪索获得了一笔国家赔偿金，总金额240,000比索，合56,000美元。他用这笔钱买了一栋房子，就是嫌疑人试图侵占的这栋，此外还购置了一辆车、（一辆）摩托车和一些家具。

/ 48 /

二十一世纪第一个十年刚开始的时候，有些人认为，13号公路旁的这几个城镇是通往世外桃源之门。这里充斥着妓院和赌场，是夜生活和性生活的代名词，无论贫富贵贱，任何人都能在这里找到属于自己的娱乐项目，这儿遍地都是彻夜笙歌的酒吧，以及各式各样的犯罪活动。经可靠消息证实，这种情况一直持续到两年前。这一地区的妓院数量最高曾到达约四十所，并出现了将妇女从巴西和巴拉圭的偏远地区贩卖过来的非法活动，有些妇女甚至向法官陈述，她们被运往欧洲从事性服务行业。

米莉亚姆·卡丽索是一家酒吧的老板，这家酒吧的收入来源十分可疑。2005年，卡丽索在自家酒吧结识了阿尔贝托·布尔迪索，两人开始恋爱，这段关系持续了大约两年。布尔迪索与卡丽索分手后又认识了吉塞拉·科尔多瓦（28 岁）。科尔多瓦一直与犯罪分子纠缠不清，且有在三叶草市用支票进行诈骗的犯罪前科。本案的其他嫌疑人员也都是流连夜场的常客。调查人员称，这群人一连串的罪行终于"走到了尾声"，地区犯罪网已经消失，只留下依然过着艰难生活的一众居民。（选自某萨里奥市《大都会报》记者克劳迪奥·贝隆发表于 6 月 28 日的一篇报道）

/ 49 /

一栋房子、一笔并未给主人带来好运气的巨款和无边的孤独感，结束了阿尔贝托·布尔迪索的生命。……布尔迪索于六月的第一个星期日遇害。据称，一个声名狼藉的女人试图夺取阿尔贝托的财产，于是说服另外两名男子和其他几人，要让布尔迪索从这个世界上消失，保证再也没有人能找到他。……三叶草市是一个人口不过一万三千的小城市，在距离环绕这座城市的广阔田野不远的地方，有一座洁白而崭新的房子，布尔迪索就住在那里。布尔迪索是一个与众不同的男人，享年六十岁，而据一些认识他的人称，他直到五十七岁时依然孑然一身。由于当年妹妹的失踪，2005年，布尔迪索收到了一笔二十多万比索的国家赔偿金。但这笔巨款最终使他引火烧身，命丧黄泉。

据罗伯特·马乌力诺称，布尔迪索不近人情，十分内向孤僻，但精神正常。"他常常独自一人到南方旅行，我们也曾多次促膝长谈。布尔迪索小学毕业以后就去三叶草俱乐部工作了。收到国家赔偿金以后，他用这笔钱在罗萨里奥买了房子，在三叶草市买了房子，还买了一辆老爷车。他是个非常单纯的人。"马乌力诺强调道。收到赔偿金时，布尔迪索正好认识了一个女人，米莉亚姆·卡丽索。他买了一栋房子，写了自己和卡丽索两个人的名字，还送了她一辆车。布尔迪索的同事说，他还出钱给卡丽索的女儿举办生日宴会，与她关系亲密，简直情同父女。"布尔迪就是这样，就是很疯狂。他总说每个人都可以按照自己的意愿和喜好过自己想要的生活。如果对方是他想倾诉的对象，他就会抓着这个人说个不停。但他也从不会去麻烦打扰任何人。因为繁重的贷款，他的工资被扣押了。我们知道这些事以后都为他流了不少眼泪，他就是被坏人盯上了。我们真的不明白，这些人都已经控制了布尔迪的银行卡，为什么还要杀了他。"布尔迪索在三叶草俱乐部的同事这样说道。

在很长一段时间里，13号公路沿线发展起了一张由妓院和边缘群体组成的庞大关系网。在三叶草市、圣豪尔赫市、萨斯特雷市和圣马丁将军市的其他城镇，有大大小小将近四十家妓院。"这只是其中的一部分，是边缘群体众多故事中的冰山一角。"本案调查官们这样说道。……布尔迪索和卡丽索分手之后又认识了吉赛拉·科尔多瓦，一个遍体鳞伤、在绝对冷漠的生活环境中长大的女人。科尔多瓦有三个孩子，和她的法定丈夫马科斯·布罗切洛住在一起，但是很明显，她还有两个"男朋友"。除了布尔迪索以外，还有一位名叫胡安·胡克的六十四岁的男士，科尔多瓦与他也是在夜场认识的。布尔迪索手机上的疑点指明了案件调查的方向。据报道，"司法机关对八名嫌疑人进行审讯，最后以涉嫌谋杀的罪名逮捕了吉塞拉·科尔多瓦、胡安·胡克、马科斯·布罗切洛和加夫列尔·科尔多瓦四人"。本案的导火索很有可能是布尔迪索和米莉亚姆·卡丽索共同拥有的这栋房产。卡丽索现年约四十岁，已经与另一名男子结婚，但是布尔迪索依然住在两人共有的房子里。吉塞拉·科尔多瓦了解到有这样一处房产的存在，并成功让布尔迪索把属于他的那部分转移到自己名下，不过布尔迪索依然享受收益权。布尔迪索的失踪和死亡，很有可能就是因为科尔多瓦想要霸占这处房产，或者把房子卖出去赚钱。

犯罪嫌疑人将他带到一处荒无人烟的地方，强迫他签署一份放弃房产所有权的文件。几天前，科尔多瓦曾经咨询过律师这座房产的收益权在布尔迪索失踪的情况下将如何转移。而且，据称科尔多瓦已经发出广告，要将这栋房子出租。……布尔迪索死后，人们在他工作的三叶草市俱乐部门口为他举行了送别仪式。俱乐部秘书处贴了一封信，上面写着："希望娜法能帮你保管你的自行车，希望人们能够怀念你，希望安娜永不释怀。希望你的狗能够寻找你，并为你哭泣。"署名劳拉·马乌力诺。（本文由克劳迪奥·贝隆撰写，2008 年 6 月 28 日刊载于某萨里奥市《大都会报》）

50

从文章中的一张配图上能看到，在一小片草地后面，一条既没有铺沥青也没有分岔路的街道上，有一间低矮的房屋。房子有两扇巨大的窗户，入口处还有一扇小窗，房顶由一根看上去摇摇欲坠的柱子支撑着。房子前面有一排树篱笆墙，但是好像已经干枯了。房子门窗紧闭，从某种角度看活像一张背朝天的椅子，被扔在荒无人烟的、仿佛从来没人也永远不会有人居住的土地上。就是为了这间房子，阿尔贝托·布尔迪索惨遭杀害。

我从父亲的文件袋上移开眼睛，看向家中父亲建起来的小花园，不禁想着，在布尔迪索的葬礼上父亲说了什么，警方在井里发现布尔迪索的尸体时，父亲是否就在现场？父亲是否已经知道，或者能够知道一些我永远都无法得知的东西，一些在这个我本以为如田园牧歌一般闲适恬静的小城深处隐藏着的肮脏的、悲伤的东西。儿时我曾在面前的这座小花园里玩过游戏，但现在我已经什么也不记得了。玩的应该是我从读过的书、看过的电影里学到的游戏，它们来自那个比现在要悲伤、恐怖得多的年代，而尽管我服用了药物，记忆不断衰减，也不断拉开现在的我和那时的我之间的距离，过去的一幕幕仍一点点浮现在我的眼前。报纸上说，警方动用三脚架和滑轮将布尔迪索的尸体从井里拉出，我不禁想，在那一刻，父亲是否就在现场，是否看到了他已逝朋友的哥哥的尸体像一条牛肉悬挂在绳索上，在那个城镇早已堕落的空气中飘荡。我还想问，这个故事到这里是否已经尘埃落定，是否永远也无法知道杀死布尔迪索兄妹的凶手下场如何，是否构成这个故事的对称性业已终结，只剩下笔直的脉络继续向前延伸，消失在时空之中，等待着在无尽的某处再次汇聚。我又想，如今缠绵病榻的父亲，在医院里是否也会想起这桩陈年旧案，这些事我永远也无法触及，但它们深藏于往昔的时光之中，并逐渐成为过去的一部分。

/ 52 /

上周日下午，两百多名市民自发聚集在三叶草市的圣马丁广场上，请愿严惩布尔迪索案的凶手。罗伯特·马乌力诺医生……介绍了四名被捕嫌疑人的情况，以及司法程序的最新进展："布尔迪索案尚未完全解决。还有四名嫌疑人尚未被逮捕。我们无法相信他们，他们必须被严惩，必须经受牢狱之苦。之后本案将在圣达菲进行审理，最终判定嫌疑人究竟是否有罪，到底是判刑还是无罪释放。四个被捕嫌疑人中，有三人被控伙同他人蓄意谋杀，剩下的一人被判定为从犯，预计将面临十五到二十年的有期徒刑。前三位主犯最高将被判处无期徒刑。……被释放的嫌疑人中，有三名有严重的包庇行为，也就是说，他们了解案件真实情况，但却没有向警方和司法机构报告。我不知道这些人都是谁。他们罪无可恕，法官却将他们无罪释放。……四名被捕嫌疑人对谋杀罪行供认不讳。我们现在想做的，是以一个城镇、一个民事组织或者一个俱乐部的身份成为集体诉讼方，直接参与到布尔迪索案的判决过程当中。直到今天，我们的这种诉求还是不符合我国法律的规定。但在历史上，曾有过一次与我们的诉求性质相同的情况破例成功，那就是'五月广场母亲'运动，被压迫的母亲们做到了我们想要做到的事情。我们希望能够参与诉讼，以我们的能力对圣达菲法庭法官的判决构成影响。"(《三叶草市电子报》，6 月 30 日）。

/ 53 /

文章结尾处有一张照片，一群人围在一位拿着麦克风、背对着摄影师的老人身边。在背景深处，左边，我觉得我看到了父亲。

/ 54 /

接下来，我在文件夹里找到了两封写给《三叶草市电子报》的读者来信，一封来自一位姓比安奇尼的女士，另一封来自一位年仅十岁的小姑娘。一周后，也就是七月七日，报上刊登了一篇文章，报道了四十二人联合发动的一次请愿活动，请求严惩杀害布尔迪索的凶手。文章也附了照片，但是我没有再在其中找到父亲的身影。之后是一份《信息报》头版的复印件，这份报纸我以前从来都没见过。报纸附带的照片上，两名警察将一名男子押送下车，男子的脸被夹克盖着。头版文章的题目为《杀人凶手或将被判处无期徒刑》，页脚位置还配着如下文字：

> 这起事件中，没人挖掘过的背后往事：阿尔贝
> 托·布尔迪索到底是谁？凶手为什么要杀害他？详述
> 这个结局悲惨的故事。布尔迪索的妹妹的往事。富有
> 远见的姑娘早已预见惨剧的发生。

/ 55 /

文件袋里收集的下一篇文章用哗众取宠的文风简要概
括了布尔迪索案的前因后果，里面过度使用逗号，让这篇
文章给人感觉活像一朵令人厌烦的花朵。作者是弗朗西斯
科·迪亚兹·德阿塞维多。文章选段如下：

> 几年前，科连特斯大街 438 号的住宅被布尔迪索
> 买下，房产登记在他本人和他前任的情妇名下。这座
> 房子早已被搬空，布尔迪索只能几乎身无长物地住在
> 车库里。
> ……从很久之前起，布尔迪索就把工资都交给了
> 另一个女人，只为了换得并不长久的陪伴，而且正是

因为她，布尔迪索多次被卷入打架斗殴事件。事实上，从三个月前起，布尔迪索就很少去这位新"女友"家了，因为此前布尔迪索和她的另一个情夫发生过几次口角，还曾拳脚相向，甚至惊动了警方，因此后来换成这个女人到布尔迪索家里"做客"。

至于布尔迪索的经济状况，时至今日，他因为妹妹遇害而在2006年收到的赔偿款（220,000比索）早已被挥霍殆尽。

周六，即5月31日下午，与坊间传说或众人所猜测的正好相反的是，确为布尔迪索本人从国家银行的自助机里把自己的工资全部取了出来。因为那天是五月的最后一个工作日，当天，三叶草俱乐部发放了工资。之后，布尔迪索的银行卡就被扣留在了国家银行里，但是没有人知道这笔钱去了哪里，究竟被谁用了，此后这笔钱再也没有出现过。第二天，大约早上7点钟，有一男一女两人前往布尔迪索位于科连特斯大街的家中，带他去邻近市区的乡下寻找柴火。到了"露营地"时，带"布尔迪"来的这些人逼迫他签署一系列关于他房产的文件材料，而布尔迪索十分抗拒，不肯就范。最终，布尔迪索被这伙人扔进了一口枯井中，井深十余米。

从高处坠落使得受害者布尔迪索严重受伤，摔断了六根肋骨、一只胳膊以及一侧肩膀，那时他仍然活着，但只能待在井底。就在当天下午，"布尔迪"随身携带的手机在井下响了起来，来电者正是嫌疑人中（和他曾有过一段露水情缘的）一位女性的家人。这些电话是为了确认布尔迪索是否还活着。

第二天是周一，即 7 月 1 日，将他扔进井里的凶手——也就是那位女子的情夫——回到事发地，推倒了环绕在井边的井栏，往井里扔了不少砖头瓦砾和枯枝败叶，都落在了布尔迪索的身上。经过凶手的这一番操作，被困的布尔迪索最终窒息而亡。也就是说，"布尔迪"在井下幸存了至少二十四个小时，最后因被砖石瓦砾掩埋而窒息死亡。

接下来的二十天中，警方的搜寻处处碰壁，几乎一无所获。直到一天下午，有人向当地警方报告，布尔迪索可能是被人扔进了城外的一口井里。……提供这一线索的人指出了三处布尔迪索有可能遇害的地方，并陪同警方一个一个地前去搜查寻找，最终锁定了其中的一处地点（也就是布尔迪索最终被发现的那口枯井）。此时，这口井的情形已经和提供线索的那位"樵夫"上次所见的完全不同了，他明确地指出，这口井井栏消失了。……消防员哈维尔·博加马斯克深入水井，在井底发现了一具尸体，已经高度腐烂。在发现尸体的现场，帕博罗·坎迪斯医生当场根据"第一手的原始材料"进行了检查，之后尸体又被转到三叶草市停尸间。停尸间内，布尔迪索的同事和朋友们通过尸体腹部上的特殊伤疤，确认了死者的身份。……法医公布的检查报告中称，毫无疑问，布尔迪索的眼睛和耳后曾经遭受重拳猛击，基本可以确定是发生在他被扔进井中之前。

发现尸体之后，警方抓捕凶手的程序自动启动，同时进行了对几个嫌疑人的逮捕行动。历时一个月的调查取证之后，以下几位嫌疑人被押送司法检查机关：一名名为吉塞拉·科的女性，现年二十七岁，有诈骗前科；一名名为胡安·胡的男性，现年六十三岁，无犯罪前科；一名名为马科斯·布的男性，现年三十一岁，有吸食毒品的犯罪前科，是吉塞拉·科的情夫；以及一名名为加夫列尔·科的男性，现年三十四岁，吉塞拉·科的哥哥，有情节轻微的盗窃前科……

56

看到这里，我往回翻，找到了父亲收集的那幅地图。但是我却不知道怎么才能确定，父亲检查过的、地图上做过标记的这些乡下房屋中是否有布尔迪索谋杀案发生的地方，也不知道怎么样才能确定那个向警方提供重要线索的人是否就是我父亲。我在父亲的办公桌上找了一张小小的白纸，在上面写道："我的父亲就是向警方提供线索的那位'樵夫'，或者——在故事的其他版本中——那位'猎人'吗？"我看着纸上的字迹，看了很久很久。后来我把这张纸翻了过来，发现它其实是一些放大照片的收据，可是那些照片并不在父亲的文件袋里。我还不知道——我当时还不知道，所以写下这些文字时我也应该装作不知道——桌上堆积成山的文件袋中，有一个里面就装着这些照片，而接下来的几天我会一次又一次地来回翻看、检查这个文件袋。

"您在三叶草市住了多久了？""二十多年了。""您是做什么工作的？""我在一家灵恩中心工作，主要负责心理强化。""您是先知吗？""我还不到那个程度。""那您是巫婆？""也不是。""他们告诉我您是巫婆。""人们都亲切地说：巫婆就是大巫师外加老太婆。""您就以这个职业为生吗？""到目前为止是的。""那您能给我讲讲您的超能力吗？""人们雇我去帮助需要超自然能力改善生活的人，比如帮他们恢复健康、找到工作或者收获爱情。""那您为什么会介入布尔迪索案呢？""我想试试我的能力，看看我的上限到底在哪里。""那您看到了什么？""我展开来说说细节。周一时布尔迪索失踪了，那时，我看到的他依然是活着的，就在我说的那个周一。接下来，我看到的画面非常模糊，似是而非，因为看到的所有画面都是上下颠倒的。再往后，我感觉到布尔迪索已经死去了，可能是在一个类似阴沟、水井或者水池一类的地方。我不确定。但是我看警方在搜查公墓，我觉得布尔迪索并不在那里。""案情真相大白的时候您有什么感觉？""我觉得破获此案真的意义十分重大。三叶草市毕竟是个小城市，布尔迪索案已经算是个惊天大案了。……布尔迪索还活着的时候，我没有能力去帮助他。我不知道这是勇敢还是懦弱，当时我没有站出来，没有对外表现出我要提供帮助。""您是怎么看到这些事情的？""通过文字。我管这些文字叫'低语'，通过手指肚写出来。我会通过聊天，解读当事人的信息，但是我从来不让当事人直接给我讲事情的来龙去脉，我一直是努力尝试着自己去破译其中的奥秘……"

/58/

"在阿尔贝托很小的时候，他的母亲就去世了。他从来没提到过自己的母亲，所以我猜他对母亲也没有什么印象了。……父亲去世时阿尔贝托只有十五岁，那时他已经开始当小工，或者给瓦匠帮工了。他的人生孤独、贫苦而简单，布尔迪索就是处于我国底层的人民之一。他默默地在一个复杂的社会中为了生存拼尽全力。……（二十世纪七十年代末）布尔迪索对我讲起了他妹妹的事……我陪他去了图库曼，但是很遗憾，我们没有找到他的妹妹，两手空空地回来。……这笔钱（因为家中有亲属失踪，国家给了他一笔抚恤金）成了他堕落的根源。毫无疑问，布尔迪索的一生充满苦难：童年失恃，少年失怙，所爱的至亲中只剩妹妹一人，可后来也被军事独裁杀害。他经济条件终于有所起色，本来可以好好享受生活，最终却落得一无所有的下场，失去了一切，甚至包括自己的生命。布尔迪本可以把钱存在俱乐部的储蓄所，那么一大笔钱，靠利息也可以维持生活。然而，是我们建议他买一栋属于自己的房产，因为我们觉得这是投资的好办法，而且还能保证布尔迪拥有一处属于自己的不动产和属于自己的住处。可能，如果我们未曾提过这个建议，事情就不会这样了，惨剧也不会发生了。"阿尔贝托·布尔迪索的发小罗伯特·马乌力诺向《信息报》如是说道，本篇文章在2008年7月被《三叶草市电子报》转载刊发。

/ 59 /

接下来，父亲的文件袋里有一页纸，只标记着"凡妮"两字，也没有记录具体的日期。内容如下：

需一位平民原告参与布尔迪索遇害案的庭审工

作。司法流程要求检察官履行这一职责，但是平民原告的参与将保障流程推进。目前我们正在动员布尔迪索在三叶草市的几位表亲出任原告，但是他们纷纷推辞。将有一名圣达菲（审判将在那里进行）的律师陪同平民原告一起出庭，这位律师是卢西安诺·莫利纳斯的孙子，是一名军人，也是儿女会（即"反遗忘反沉默争取身份和公正儿女会"，由失踪的阿根廷人的子女们组成）的成员。这位律师在此类问题上经验颇丰，承诺此次出庭将按最低收费标准收费。除律师费外，还要加上法庭审判的手续费用（这笔钱到底由谁承担，这一问题尚在磋商）。同时，还有一个需要关注的问题，即布尔迪索位于科连特斯大街上的房产继承问题，毕竟阿尔贝托·布尔迪索拥有其中一半的产权。

/ 60 /

接下来的一篇文章刊登于某萨里奥市《市民与地区报》八月一日版，题为《一次犯罪的阴谋》。我只读了一行，不必再多看，就能判断出文章出自我父亲之手。这里摘取其中的一段：

据司法机关的调查，这对夫妻在一年半的时间里谋划并实施了这个邪恶的杀人计划。最终丧命的受害者正是阿尔贝托·布尔迪索。布尔迪索享年六十岁，生前居住于三叶草市，曾获得一笔数额为二十万比索的赔偿抚恤金。布尔迪索与一名比自己年轻三十三岁、名为吉塞拉·科尔多瓦的女性曾有过亲密关系。在这段关系中，布尔迪索进行了大量投入，包括：自己房产的一半所属权（另一半所属权归其前女友）、家具、一辆车，以及自己每月的大部分收入。布尔迪索甚至搬到车库去住，把房子完全留给了自己年轻的情人（正是她使得布尔迪索被扔进井里，三天后窒息而死，且就在布尔迪索坠井的当天把房子租了出去），而与此同时，布尔迪索得知，情人所谓的哥哥其实是她的丈夫。此外，科尔多瓦还结交了一个六十三岁的新情人，他也参与到了对布尔迪索的谋杀当中。科尔多瓦谋害布尔迪索的动机是她认为布尔迪索购买的保险受益人正是她本人。

某萨里奥市《大都会报》同样在八月一日发表了一篇

文章，作者为路易斯·埃米里奥·布兰科，文章题为《三叶草市：布尔迪索谋杀案处理中，披露本案部分细节》。这篇文章并没有补充更多信息，但是其中的数据与其他媒体略有不同：在布兰科笔下，布尔迪索六十一岁，而并非六十岁；马科斯·布罗切洛三十二岁，并非三十一岁；胡安·胡克六十一岁，而非六十三岁。找到布尔迪索尸体的那间被遗弃的乡村房屋距离市区八公里，而非九公里——在接下来的八月二日，在《圣达菲海岸报》刊登的一篇报道中，谋杀案发生地与市区的距离被缩短成了六公里。另外，报道中称，是吉塞拉·科尔多瓦将布尔迪索扔进了井中，而非胡安·胡克；井深十二米，而非十米；布尔迪索从高处跌落，摔断了五根肋骨，而非六根，且他两侧肩膀都受了伤，而非之前媒体上披露的，一侧肩膀和一只胳膊。但这都是些细枝末节。比较有意思的是，这篇报道还披露，科尔多瓦曾请求胡克"把布尔迪索的尸体从井里捞上来，扔到别的地方，这样就有人能找到尸体，确认布尔迪索已经死亡"，因为她觉得布尔迪索购买的保险受益人是她，想更快得到这笔钱。胡克拒绝了科尔多瓦的请求。这篇文章还披露了一个尸检的细节：

　　"……尸检报告显示，布尔迪索的嘴里和呼吸道中都有泥土，"尸检部门解释道，"这一现象意味着，布尔迪索在被扔到井下的砖石瓦砾、枯枝败叶埋住之后，还在拼命地挣扎呼吸。"

61

不管是布罗切洛——根据某些版本的说法，布罗切洛那天留在了三叶草市——还是科尔多瓦或者胡克——胡克坚持认为自己也是受害者——把布尔迪索扔进了井里，都不重要了。布尔迪索坠井三天后，布罗切洛又返回案发现场，把砖石瓦砾、枯枝败叶和毛坯土墙扔到井里，想要掩埋布尔迪索，置之死地，这也不再重要。当然，这几名罪犯的最终结局也不重要，科尔多瓦在圣达菲的女子监狱里过得如何，布罗切洛和胡克在克隆达的监狱又遭遇了什么，这些都不重要了。这起犯罪案件是一桩彻底的个案，但也具有社会意义：从近说，此案关乎受害者及其亲属，从远说，此案牵涉到我们每一个人，因此，我们才以全体公民的名义寻求正义，以受到这起个人案件影响而产生的一种集体不信任感的名义寻求正义。受害者和亲属的损失已然无法挽回，但我们必须尽力谋求正义，应该尽力团结起来，不仅要团结起某一个人、某一个阶级的力量，而且要团结起所有人的力量，我们所有受到伤害但依然活着的人，应该共同努力。

62

如果还有哪件事情有待考证，那就是"凡妮"到底是谁，为什么父亲会用她的名字来概括这起刑事案件，为什么做这件事的偏偏是我父亲，而不是其他人。

63

我接下来找到的是某种我从没见过的居住证明的片段。文件上有几个人姓"卡丽索"，其中一位女士名叫米莉亚姆，即布尔迪索的前任情妇。布尔迪索把自己房产的一半所有权赠予了她，文件的附则中明确记录了这项变更，并附上了布尔迪索和米莉亚姆·卡丽索双方的证件号和财产证明。接着是圣达菲省房产登记总局发布的文件复印件，证明阿尔贝托·布尔迪索出资购买了位于科连特斯大街上的房产，购买时间为二〇〇五年十一月十六日。布尔迪索从尼尔索·卡洛斯·季雷略和奥尔加·罗莎·卡皮塔尼·德季雷略这一对老夫妇手中买下了这所房子。文件还包含其他信息：布尔迪索的出生日期为一九四八年二月一日，母姓为罗洛蒂，婚姻状况为未婚，身份证号为6309907，之前的住址为三叶草市的恩特雷里奥斯和科塔达略贝特；地产面积为307.2平方米，付款25,000比索，以现金支付；过户公证人姓名为里卡多·洛佩兹·德拉托雷。

64

我感到，父亲仿佛想要通过一堆不起眼的线索、公证文件、技术性细节和官方注册信息解开布尔迪索案背后的真相。他收集的信息数量如此之多，让人在某个片刻会有须臾恍惚，忘记了所有的一切在最后导向的是一起惨案，一次失踪，一个被抛弃在枯井中的男人所遭遇的死亡。所有的一切让人不得不想到，男人之死与其妹妹之死遥相呼应，兄妹二人冥冥之中的宿命，以及此后又无法避免地产生的另外一种轮回：父亲努力参与到搜索布尔迪索的工作当中，而我却在父亲的弥留之际努力寻觅，试图找到在一切发生前、在木已成舟前、在最后时刻占据他脑海的东西，也从中发现真实的父亲。父子间的这种轮回与对称无人能够控制，而我的父亲也永远不会知晓。

/65/

……向阿尔贝托·何塞·布尔迪索先生和米莉亚姆·艾米莉亚·卡丽索女士出售以下商品，产权由两人平分共有：一处位于圣马丁大区三叶草市的土地，隶属官方地图中第七十八街区，及该地块上已修建的建筑物。……平面图于 2000 年 2 月 18 日在地形地图部进行登记，登记编号 130355。该房产位于该街区的六号地块北部，以公共人行道为界，与其他地区分隔开来。该地产距离该区西北角以东 25.8 米，南北向均长 12.8 米，东西向宽 24 米，占地面积共 307.2 平方米；朝向：向北面向科连特斯大街，向西面向五号地块，向东面向七号地块，向南面向十一号地块，度量统一。

三叶草市，2008 年 6 月 9 日，上午 10:30。参考：以上为事件发生的大约时间和日期。一位女性来到警察局，申请进行民事公证，希望警局即刻受理。接待该女士后，警方记录下其姓名及其他身份证明资料。这位女士自称名为米莉亚姆·艾米莉亚·卡丽索，阿根廷籍，受过教育，单身，有工作，身份证号为……居住在本市下辖农村地区。经调查，卡丽索女士"与阿尔贝托·何塞·布尔迪索先生共同拥有科连特斯大街 438 号的房产，由于布尔迪索先生不在场，在本市法官的建议下，卡丽索女士询问下午是否可以为该房产换锁，以避免其可能遭受的侵占。上述为所有事项。此次公证受法律保护，不具备废弃此处房产之效力，而是为了就上述情况进行保护。本公证文件中以上所述为全部内容，并无其他需要添加、删减或修改的部分……"根据以上情况，只需宣读该公证书，并由当事人按规定在文本最后签字，由本人认证，公证即可完成。当事人签名：米莉亚姆·艾米莉亚·卡丽索。经办人：玛利亚·罗莎·菲诺斯，警察局公证处警官。兹证明：本文件是原文件的复印件，原件位于第 12 页……

/ 67 /

文件袋里找到的下一份资料是父亲绘制的布尔迪索家谱树，从布尔迪索的祖父母开始。但是，在这幅图谱上，父亲只标注了阿尔贝托和他妹妹艾莉西亚的出生日期和死亡日期，其他并未写明。在最后一个日期，也就是艾莉西亚的死亡日期那里，父亲画了一个问号。

/ 69 /

我找到了一张照片，照片上的男人长着一张椭圆脸，留着尼采式的胡子，戴着领结，站在一块写着"豪尔赫·布尔迪索，1928-2-19，享年七十二岁，他的家人将永远怀念他"的铭牌旁边。还有另一张照片，上面也有一张铭牌，写着"玛格丽特·G.德布尔迪索，1933-3-31，享年六十八岁，她的家人将永远怀念她"。还有一张家族墓碑的照片，上面标注着"布尔迪索家族"的字样。看到这张照片的时候我吃了一惊，因为我见过这块墓碑：小时候，大人不在身边，我和小伙伴们一起去公墓玩捉迷藏时，我经常躲在这块或是其他类似的墓碑后面。

/ 70 /

我还找到了一张电话通讯录，上面的联系人全部姓帕埃兹。只有一个号码除外，是一家香水店，名字叫作"凡妮"。

/ 71 /

文件袋里的最后一页收录了一篇文章，题为《在阿尔贝托·何塞·布尔迪索安葬仪式上的讲话》，署的地点和时间分别是"三叶草市公墓"和"2008-6-21"。这最后一篇文章转写了父亲在阿尔贝托·何塞·布尔迪索葬礼上的讲话：

朋友们，邻居们：

关于阿尔贝托的一切毋庸赘述，我能添加的信息已经不多。诸位对于阿尔贝托的了解想必比我要多得多。我是阿尔贝托的小学同学，与他仅仅一起共度了几个月的小学时光。

但是，我却感到，今天一定要来和诸位一起为他送行，弥补今时今日一些人已经无法出现，再也无法陪在我们身边的遗憾。来参加他葬礼的人已经很多了。本来，全市的人都应该来参加这次活动，因为我觉得大家对阿尔贝托的印象都很好。而今天，在没能到场的人中，有些是他的亲人，早在他去世之前就已经离开人世，比如他的父母和抚养他长大成人的姑姑；有些是冷酷无情的人，对这件事冷眼相对、袖手旁观，对与自己利益无关的他人漠不关心、毫无兴趣的人；还有就是那个无法出席的人，那个早已不在却又无处不在的人，那个等待着真相、要求着正义、寻找着记忆的人。

这个人就是艾莉西亚，阿尔贝托的妹妹。尽管艾莉西亚比阿尔贝托还小，但是当兄妹二人孤苦无依时，艾莉西亚一直像姐姐一样照顾着阿尔贝托。

可早在三十一年前，艾莉西亚就已经消失于人世。正是在三十一年前的今天，也就是 1977 年的 6 月 21

日，在最后一个、也是最血腥的那个军事独裁统治时期，艾莉西亚在图库曼，在施行暴力的警察手上失踪了。

艾莉西亚惨遭绑架，自此人间蒸发，只因她属于那为了祖国重获自由而不得不浴血奋战的一代人。艾莉西亚那一代人的努力，是为了让她的哥哥阿尔贝托，也为了所有像我们一样的普通人，让我们生活的这个世界再无令人胆寒的恐惧，再无束缚自由的枷锁。如果没有像艾莉西亚那样的年轻人，那么，像我今天一样大声说出我们的心中所想将绝无可能，像我今天一样去做我们要做的事将绝无可能，像我今天一样自由地选择自己的命运也将绝无可能。我来为大家举个具体的例子：如果没有艾莉西亚那一代年轻人的奋斗，那么，我们聚集在广场上通过游行要求还阿尔贝托一个公道这件事根本就是天方夜谭，最近几天以来，大家在种种的游行活动中表达出自己的心情，害怕自己也像阿尔贝托一样被绑架，在未知的陌生地方失踪，而如果没有他们，这样的发声绝无可能。

今天，我们送别了阿尔贝托。但是之前，我们却没有机会像这样同艾莉西亚好好道别。因此，当我们为阿尔贝托争取公正的时候，请大家不要忘记也同样为已经逝去的艾莉西亚发出正义的呼声。愿我们的主能够垂怜这一对兄妹，让他们和其他被主拣选的人一起，在天堂得以安息。

/ 72 /

接下来是一张白纸，之后就再也没有任何记叙性的内容了，只剩下黄色多孔硬纸的文件袋封底。起初，封底被打开，后来，又被一只手合上。尽管我当时连想都没多想，但其实合上封底的那只手就是我的手。那是一只布满伤痕和皱纹的手，如同一条乡间老路，上面走过毁灭和死亡。

第三部分

父母是儿女磨牙的骨。

——胡安·多明戈·庇隆

/ 1 /

有一次——早在所有的这一切发生之前——母亲送给我一幅拼图，她的目光催促着我一定要把它拼出来。我拼完了，肯定没花很长时间，因为这毕竟是个儿童拼图，没有多少块零片，可能总共还不到五十块。拼完之后我骄傲极了，兴致勃勃地拿着拼图给父亲看，可父亲却摇摇头，说这太简单了，让我把拼图给他。我给了他，他开始把零片割成更小的、更没有逻辑的碎片，直到把原先的每一片都切小了，父亲才停下来对我说，现在再去拼吧，可我再也没能完成这幅拼图。再早几年，父亲还未曾毁坏过拼图的时候，他也亲手给我做过一幅拼图，拼图由长方形、正方形、三角形和圆形的木板组成，之后他还给它上了色，以便分辨不同形状——具体我已经记不太清了，只依稀记得圆形是黄色的，正方形要么是红色，要么是蓝色的。然而，最重要的是，当我合上父亲的文件袋以后才发现，父亲其实还给我留下了另一幅拼图。只是这一次，每一块碎片都在不停地闪转腾挪，而图像的全貌则放大到了人类的记忆迷宫，甚至整个世界。我再一次问自己，父亲究竟为什么要参与到搜救工作中，去寻找那个被谋杀的男人；他究竟为什么非但没有丢弃搜救工作的一切过程和结果，反而将记录收集整理并保存至今；以及为什么在他最后一次为了失踪的布尔迪索发声时，挂念的还是布尔迪索早已失踪的妹妹。我有一种感觉，父亲其实并没有真正参与到对被谋杀的布尔迪索的搜寻工作当中，这件事对他意义甚微，或者根本毫无意义。他真正付诸实践的其实不是寻找阿尔贝托·布尔迪索，而是寻找他的妹妹艾莉西亚，而且深陷其中。在整个寻找的过程中，发生了一些无比凄惨的事情，不光是我在努力想要忘却，可能就连父亲本人还有母亲都想摆脱。这些惨案迫使我父亲在一九七七年的六月停止了对艾莉西亚的寻找。那时的父母和我——弟弟妹妹尚未出生——一直生活在恐惧当中，这恐惧强烈到外界的声音和动作都要延迟很久才能到达我们的耳边与眼前，就好像我们都生活在水下一般。我觉得，父亲一定是想要通过艾莉西亚的哥哥阿尔贝托来找到自己的这位好友，但是我又不禁疑惑，父亲为什么不早一点开始寻找呢？为什么不在哥哥阿尔贝托被谋杀之前就开始这项工作呢？阿尔贝托尚在人世时，想要找他聊聊或了解些什么一定更容易。我想，哥哥阿尔贝托失踪后，父亲和死去的艾莉西亚之间仅存的寥寥联结中的最后一条也就断掉了，正因如此，再去寻找阿尔贝托已经毫无意义，因为逝者无法发声，死去的阿尔贝托永远不会从散布在阿根廷茫茫原野上的枯井井底重返人间。我不禁自问，父亲是否知道他的寻找终将徒劳无功；是否真的只是被一种对称吸引——对亲兄妹相继失踪，中间有三十一年的时间遥遥相隔；父亲是否做好了准备，一次又一次地迎着那炫目的光芒奔跑，直至被晃得双眼迷乱，跌倒在地，一如在夏夜炽热的空气里，昏暗的天地中，某只不断扑火的飞蛾。

3

重症监护室的走廊尽头摆着一台咖啡机，妹妹沉默地站在一旁，直到我说完父亲文件袋的事情后，她才开口告诉我，父亲参加了寻找布尔迪索的工作，但都是独立做的，没有与其他任何方面共同行动。他去的都是警察觉得没有吸引力的地方，比如小溪边、水沟旁、河上已经损坏的桥梁下，以及乡间小路交叉路口的一些废弃的房屋。也许他那时已经患病，也或许正是因为寻找布尔迪索而积劳成疾。在进行搜寻的那几个星期里，父亲只谈论这件事，除此之外什么也不说。我问妹妹，父亲为什么会全身心投入寻找一个他都不怎么认识的人的行动，妹妹却做了个手势打断我的话，说道："父亲认识这个人。他们有段时间是同学。"我问她："那是什么时候的事？"妹妹耸了耸肩："我也不知道。但是父亲有一次告诉我，他很后悔没在布尔迪索还活着的时候问问他妹妹的事情。之前，父亲时常能在街上碰见他，总是想过去问问他对妹妹的事是否有什么了解，但总是不知道怎么开口，最后就这样搁下了。""凡妮是谁？"我问。她想了一会儿说："凡妮是布尔迪索的一个远房亲戚。父亲想说服凡妮去做布尔迪索案审判中的平民原告，推动审判的进行。""父亲到底为什么想要去寻找布尔迪索失踪的妹妹？"但妹妹拿起了纸杯送到嘴边，喝了一小口，然后把杯子扔进纸篓中。"咖啡是凉的。"妹妹喃喃地说，又从口袋里拿出一枚硬币，投进咖啡机里。"你在博物馆见到他了吧。"她自顾自地跟我说道，仿佛在继续之前的一个话题一样。"见到谁？"我问。

妹妹说出父亲的名字。"市博物馆里办了一个展览，有人采访了他。你应该去看看。"妹妹又说，我默默地点了点头。

/ 3 /

我走进博物馆，买了票，寻找专门展示本市报业的那个展厅。三叶草市博物馆收藏的展品都是些不太重要的混杂物品，作为一个商贸城市，其历史实在乏善可陈，只有港口运输粮食的价格波动这方面还算有几分悠久，这也是这座城市被建在河边，而非再往南两公里，也不再往北两公里，更不在其他地方的唯一原因。走过一个个展厅时我不禁想，我在这座城市生活了这么多年，一定有某个时候自然而然地想过自己会留下来，会永远生活在这里，会用一种永恒的方式和她联系在一起。维系我和三叶草市的是一种共生的力量，没有人能够解释清楚个中缘由，但它确实影响了住在这里的许多人——人们强烈地痛恨这里，但是又永远不会离开，这座城市永远不会放走出生在她这里的子民。人们可能会短暂地离开，但终究都会回来，或者一生都不会离开。人们在炎炎夏日把自己晒得黝黑，在冬天刺骨的寒风中咳嗽，一起买买东西，养育子女，然后他们的孩子也永远不会离开这座城市。

/ 4 /

报业展厅里摆放着一台电视，里面的视频循环播放着，对面还放着一把椅子。我颤抖着坐在椅子上，听着电视里播放的信息和数字，看着展现的一份份报纸封面，一直等到父亲出现在电视屏幕上。电视里的父亲和我记忆中最后那几年见到他的样子一样。他留着长长的白胡子，时常用一种迷人的姿态梳理他的胡子，谈论那些当年工作过的报社，那些倒闭了可后来又在别的地方换个名字、改个格式东山再起的报纸，整个过程他都亲眼见证。雷打不动的是，这些报纸很快还是会因审查再次铩羽，如果还有机会的话，就再换个面貌卷土重来，再从头开始，如果这个倒闭—重来—再倒闭—再重来的循环能够存在的话，无止境的恶性循环还会引发一连串的过度剥削和失业问题，将做出一番事业的雄心和一切希望消耗殆尽。电视里，父亲讲述着他的故事，讲述着这座他决定留下的城市里的报业故事。我坐在屏幕外，看着展厅电视机里的父亲，心中涌起一丝骄傲的感觉，同时也感到深深的绝望。因为我想起了父亲所做的一切，想到自己永远不能像他一样，永远不能达到他的高度。想到这些经常会让我感到绝望。父亲取得的成绩在他培养的那么多记者界的后起之秀间口口相传，报纸长篇大论地讲述他的故事，他的弟子也成为了我的授业恩师。而且，父亲还带我走进了一段政治往事，我曾经了解事实，之后又竭力将之遗忘一空。

/5/

那个下午，我把那部包含对我父亲采访的纪录片看了三四遍。我听得太认真了，里面出现的日期和名字开始变得十分熟悉，熟悉到甚至让我觉得有点可怕。我要哭了，我想，但一有了这种念头，我便哭不出来了。到了某个时候，一名工作人员走了进来，说展厅五分钟后即将关闭，然后他走到电视机前，在里面的父亲还正说着话的时候，把电视机关上了。父亲口中的那个句子被打断，我试图把句子补全，却办不到：本来应该出现父亲面庞的地方，现在显现出来的是我的脸。漆黑一片的屏幕上倒映出我的脸庞，痛苦与悲伤来势汹汹，程度之猛烈前所未有，将我的五官都揪在了一起。

/ 7 /

有一次，父亲对我说，他想写本小说。说起这件事的那个晚上，父亲就在那个曾经属于我的、采光似乎永远都不够好的房间里，坐在自己的办公桌前。我不禁自问，父亲是不是真的没有写过小说。在他留下来的文件当中，有一张纸上写了许多名字，排成两列，用与之相关的不同颜色标注出来，最多的是红色。还有一张地区报纸，名叫《每周画报》，据我所知——因为之前我听父亲说过，哪怕我的记忆几乎消失殆尽，关于这份报纸的事，尤其是他谈及它时的那种骄傲，依然在我近乎一片废墟的记忆中存活下来——《每周画报》是父亲少年时代曾经参与创建的一份报纸，也是他初入记者行业的首次尝试，比他离开三叶草市，到阿根廷中部一个城市去读新闻专业的时间要早得多。文件里还有一些照片，可能就是他为了那部一直想写却未真正动笔的小说收集的材料。

/8/

父亲想写的那部小说会是什么样的？我猜，一定短小精悍，由一个个片段组成，其中留下许多漏洞，因为那些地方他可能已经记不起来，或者根本不想记起，但一定充满对称，前后呼应——父亲写的故事一定会一次又一次地重复，就好像墨点在一张风琴折法的纸上晕开，一个极小的主题会像交响乐或者疯子的呓语那样反复出现，比孤儿院中的父亲节更加令人伤感。

/9/

有一件事情再清楚不过了：父亲想写的那部作品不会是讽喻小说，也不会是家庭故事、冒险经历或浪漫爱情。他不会写讽喻小品、叙事小说、教育故事，更不会写侦探小说、寓言故事、志怪小说或历史传奇，绝不会是喜剧、史诗或传奇，不会是哥特风或工业风的小说，当然，也不会是自然主义的或后现代派的，不可能是报纸连载，更不可能是十九世纪风格的现实主义小说。当然，以他的风格，也不会是寓言式的、科幻的、悬疑的或社会的，不会是游侠骑士或者才子佳人的故事，可能也不会是神秘或者惊悚类的小说，虽然他的小说读到最后，必然会引起恐惧和痛苦。

10

在剩下的文件里，我找到了阿根廷报纸《第十二页》刊登于二〇〇二年六月二十七日的一则报道，内容如下：

艾莉西亚·拉凯尔·布尔迪索，记者，就读于文学系，享年二十五岁。于 1977 年 6 月 21 日被图库曼市安全部门逮捕，之后失踪。

如今，距离你被捕（离开工作岗位时）已经过去了二十五年，我们依然无法得知事件始末。我们无法忘记在你的失踪背后隐藏着的令人发指的罪行。对于这起让人不齿的犯罪，我们从来没有得到过任何官方的解释。

心怀赤诚的热爱和万般的深情，我们怀念你。

阿尔贝托、米尔塔、凡妮、大卫

报道内容的右侧刊登了一张年轻女子的肖像。照片中的女孩有着一张椭圆脸蛋，周围衬着乌黑茂密的头发。她的面庞上，两弯细眉十分抢眼，一双大眼睛轮廓分明，目光没有望向看着照片的我们，而是投向了更远的远方。在那位不知是谁的拍摄者捕捉这个女人的这一瞬间时，好像有什么人或是什么东西正位于她的右上方，吸引了这个姑娘的注意力，她薄唇紧抿，表情严肃而疑惑。我们没有理由不去相信这个照片里的女子就是艾莉西亚·拉凯尔·布尔迪索，更进一步说，所有的一切都表明这就是艾莉西亚。但她的目光和她脸上坚毅而严肃的表情让人不由得怀疑她是否真的只有二十五岁，它们让她看起来像是一个历尽沧桑的女人，决定奔赴远方，一刻也不想停留，甚至不愿意抽出时间停下来摆个姿势拍张照片。艾莉西亚坚定地注视着远方高处的一点，仿佛在被照相机捕捉到的这一瞬里，她连自己叫什么名字、家住在哪里都无法说出口一样。

11

接下来还有几张照片。第一张里，十几个年轻人围坐在桌旁，桌上放着两瓶红酒，一瓶尚未开封，还摆了几个杯子。照片里的这些年轻人中，并不是所有人都看向了拍摄者。我在照片中找到了那时还非常年轻的父亲，只有他左边的那个年轻人和他背后站着的两个女孩看向了镜头。照片上一系列的元素，尤其是窗户上的铁栅栏，让我认出来他们这次聚会的地点是我爷爷奶奶家的客厅。这些年轻人中，有两个人带着吉他，其中一个是我父亲，他左手按在吉他柄的上部，看起来好像是弹了个 E 和弦。另一个拿吉他的是个年轻的女孩，好像弹了个 c 小调——也有可能是升 g 小调，照片里的吉他没有拍到弦枕，实在让人难以判断——正望向照片的右边。父亲和另一个年轻男孩穿着格子衬衫，还有人穿着条纹衬衫。有两个女孩穿着六十年代常见的印花连衣裙，两个女孩留着直发，还有一个梳着法国著名女演员让娜·莫罗式的短发。父亲那时候留着长发，浓密的胡子挡得下巴都看不见了，实在应该剃一剃了。这群年轻人的后面立着一块黑板，上面有一行手写字，写着"《每周画报》，有毒的一年"。照片的右半部分有一个年轻的女孩满面微笑，看向前方，像是在唱歌。这个女孩就是艾莉西亚·拉凯尔·布尔迪索。

12

还有一张照片，拍的也是这十几个年轻人，另外还加了一个——大概是上张照片的拍摄者。这张照片是在我爷爷奶奶家院子里拍的。有个人在吸烟。父亲微笑着。艾莉西亚斜靠在另一个女孩的肩膀上，几乎把她全部遮挡住了。

13

第三张照片上，年轻人们在恶搞。父亲头上戴着个头盔一样的东西，手里拿着一只玩具娃娃。艾莉西亚站在他的右边，戴着一顶草帽，头发上别着一朵花，正抽着烟。在我看到的所有照片中，这是我第一次看到艾莉西亚大笑。照片的日期是一九六九年十一月。

/ 14 /

如果能有一份这张照片的电子版，我就可以像父亲那样把照片放大，放大到女人的脸被解构成一个又一个灰色的色块，直到色块背后的那个女人从照片中完全消失。

/ 15 /

父亲还为照片上的每一个人写了人物小传，用箭头连到文件袋的第一页：在那一页上，有人名，有日期，还有政党和业已不存在的团体，他们的记忆传递给我，如同在降灵会上听到亡灵们缥缈的声音抵达脑海。名单里有十几个人名，其中六个与政治组织相关。除此之外，文件夹里还收集了一些父亲主编的报刊头版的照片，黄色的记号笔把名单中出现的人名特别标记了出来。其中有一个就是艾莉西亚·拉凯尔·布尔迪索。在父亲列出的名单中，艾莉西亚的信息很简单，只有出生日期，在去世日期处标着一个大大的问号。但是对于我来说，这个问号并不代表一个问题，而代表一个答案。一个问号让一切真相昭然若揭。

16

接下来我在文件袋里找到了一份打印材料，应该是从网上摘录的文章及配图，照片就是我曾经在《第十二页》上看到的悼念短文里带的那一张。文章内容如下：

艾莉西亚·拉凯尔·布尔迪索·罗洛蒂于 1977 年 6 月 21 日被捕并失踪。艾莉西亚出生于 1952 年 3 月 8 日，享年二十五岁。她是新闻文学系的学生，曾为阿根廷妇女联合会暨阿根廷共产党妇女分部创办杂志《我们在这里》创作诗歌，为阿根廷共产党机关及历史报《我们的话语》撰写评论文章。艾莉西亚在图库曼圣米格尔的工作岗位上被捕，有人曾在图库曼警察局看守所的秘密关押中心见到过她。

还是在同一张纸上，有一份以致艾莉西亚的一封信的形式写的证词，署名为雷内·努涅兹。信中写道：

我的灵魂姐妹艾莉西亚，直到现在，我还记得那个寒冷的地方，在令人生畏的寂静中，我眼前的遮掩落地，我看见了你，那么瘦小可怜的你，在我眼中像是个十二岁的小女孩。你面带微笑，向我们问好，我从你的身上感受到了无与伦比的力量，让我充满希望。尤其是在你鼓励我的时候，你对我说（用了符号和暗语）"从这里我们将走向 PEN（国家行政权力）""我们会自我拯救"。从那时起，我明白，一切都结束了，我要被带去刑场了，但我却不知道他们为什么没有杀我，只是把我扔在一个满是垃圾的荒原上。因此，我心中充满希冀，从来没有想象过会再也见不到你。艾莉西亚，我的姐妹！我的朋友！我的同志！除了怀念你，除了一天天加深对你，还有对那些我们不再为之斗争的同志们的敬意外，我不知道还能为你做些什么。

接着，在最后，还附有一首小诗：

　　来吧，抛却这后半夜／抛却你的空洞和孤独；／在那里，自私隐于缄默／无可饶恕地将你噬空。／那时你将看到，你只是莫名糊涂／就像灵魂蒙上了阴影；／我们能够携手，一同走向清晨／走向夜尽天明。

我猜，这首诗可能就是艾莉西亚·布尔迪索所作。

17

我把那叠照片扔到父亲的办公桌上，在那一刻终于明白，父亲对阿尔贝托·布尔迪索失踪案所表现出来的兴趣完全是出于对他妹妹艾莉西亚的遭遇的关注。而这种热情到底从何而来，也许连父亲自己都无法言说清楚，但是为了弄明白，父亲收集了能够找到的所有材料。材料中表明的事实是，将艾莉西亚带上政治这条不归路的领路人正是父亲，但他却从未想到艾莉西亚最终为此付出了生命的代价；苟活下来的父亲在此后的数十年中，无时无刻不在经受恐惧和悔恨的折磨。多年以后，这一切的一切的影响又传递到了我的身上，而在努力忘记刚刚看到的那些照片的时候，我突然生平第一次明白，二十世纪七十年代那批年轻人的子女们都和我一样，会像侦探似的去拨开笼罩在我们父母过往之殇上的迷雾。我们去调查的那些过往，听起来就好像那种我们这辈子都不愿意买的侦探小说。但我也明白，我们无法用侦探小说的形式讲述父母的那些故事，或者说，如果我们真的把那些故事讲成侦探小说，就将是对他们过往意愿与斗争的背叛。因为把他们的经历讲成侦探小说只会更加肯定一种分类系统、一种惯例常规的存在，而这无异于对他们曾经付出过的所有努力的一种背叛。因为他们曾经想要做的，正是将这些惯例常规、社会传统以及它们在文学中的苍白化身推下神坛。

18

除了以上原因，还有就是，这样的书我也已经看得够多了，未来还会再看更多。我觉得，如果从文学种类的角度来讲，讲述父母当年的那些经历应该算是一种伪文学。因为，从一方面来讲，个人犯罪比社会犯罪的重要程度低很多，但是社会犯罪却不能写进虚构的侦探小说中，而只能精心粉饰，或者在外面披上一层个人故事的外衣，写成普通的叙事小说，以避免透露全貌，这就好像一幅残缺的拼图，令读者不得不再去寻找与之相关的其他碎片，不停地寻找，直到把完整的图形拼出来。从另一方面来讲，大部分侦探小说都会迁就读者，不管作者在书中展示的情节对于读者来说多么难以接受，草蛇灰线，伏埋千里，小说中所有的伏笔最终都将水落石出，令读者深信大案已破，作案的坏人得到惩罚，所有的疑团都被解开。读完后合上书，一切都已经结束，读者就可以心满意足地回到真实的世界当中，并且深信书外的那个世界也和书中的一样，遵循着相同的公平和正义，一切都毋庸置疑。

19

在接下来的几天里，我思考着这一切。无论白天夜晚，我都躺在那间曾经属于我的房间的床上，或坐在渐渐熟悉的医院走廊的椅子上，或站在正走向死亡的父亲那间病房里圆形的天窗下，反复地思考这些事情。我想，我现在拥有的材料足够写成一本书。这些材料都是父亲传承给我的，他为我创造了一部小说，而我既是它的作者，也是读者，我在撰写的过程中才发现了这一点。我也问自己，父亲是不是故意这么做的，就好像他早就预料到未来自己无法完成这本小说，他离开的那一天已经越来越近，所以，他就想把这个谜团留给我，如同传承下来的一份遗产一般。我也问自己，当时父亲都在想些什么，他作为一名记者，肯定比我更加关注真相。对于我来说，接受真相永远不是一件容易的事情，所以我总是绕弯子逃避它，为此甚至逃离了祖国，逃到一个对我而言从一开始就极其不真实的地方，但却又真实地感受到那种多年以来的压迫感消失了。我问自己，如果我写了一部连我自己都不了解、不知道最后会怎么结束的故事，父亲对此会怎么想。当然，这个故事会像几乎所有的故事一样，最后在医院结束，但是我对这个故事是怎么开始的，以及中间又发生了什么一无所知。如果并未完全了解父亲的过往，就讲述他的故事，他会怎么想？我在别人的故事里寻找父亲的踪迹，仿佛动画片里的主人公——一头歪心狼，而父亲则是被我追着跑的那只 BB 鸟。他跑得飞快，而我只能眼睁睁地看着他消失在远方的地平线，身后空余一阵砂砾尘雾，我无能为力，总是追不上父亲，永远距离他一步之遥。如果我并没有深入了解那段过往，就讲述他的故事——也是关于我们所有人的往事——他会怎么想？在这个故事中，无数的线索被我慢慢联结在一起，才构筑成一个整体，磕磕绊绊地开始发展。尽管我的确是这个故事的作者，可是它的发展与我之前的假设全然相反。父亲到底是一个什么样的人？他究竟想要做什么？我感受到的那种深深的恐惧到底是什么？我总是竭尽全力去遗忘、去摆脱它，可是当药物渐渐失效，它又会卷土重来；当我翻检文件，发现属于失踪的年轻人的故事时，那种感觉也在那里；父亲尽己所能地收集这些文件，而当他这么做的时候，也正是在抵抗着自身生命中同一种深深的恐惧。

20

参观完博物馆的第二天我就生病了。生病的头一天当然是最严重的，我记得那天我发烧了，整个人神志不清，反复做了一连串的梦，这些梦好像一台旋转木马，但是游乐场管理员要么发疯了，要么是个虐待狂，导致这些梦一个接一个地以令人眩晕的方式出现。我做的这些梦，不是每一个都符合逻辑，但是都有着自己的因果关系。而且，哪怕有的梦境只是一闪而过的片段，我到现在都还能记得起梦里的内容，尽管我的记性很差——经历过一连串不幸的打击，我的记忆力长期以来已经毫无用处——但是那天做的所有梦，我至今都还能记得。

21

那天，我梦见自己走进一家宠物商店，停下脚步，观察一群热带鱼。其中有一条鱼尤其吸引我的注意力：它是透明的，所以它的身体轮廓几乎不怎么明显，它的眼睛和内脏也是透明的。但是，与其他那些看起来也挺透明的鱼不同，这条鱼是完全透明的，它的内脏看起来好像是一堆被塞进体内的彩色小石子，彼此之间毫无关联。每个器官都各自为政，根本就没有一个中枢在统一支配着它们。

22

那天，我梦见我在德国哥廷根的旧居里写作，突然，我发现自己的口袋里满是虫子。我并不知道那些虫子是怎么爬到我口袋里的，但是我却好像应该知道究竟是怎么回事。在那种情况下，我唯一考虑的就是希望没有人发现我口袋里有虫子，而且虫子正在努力地向外爬。

22

那天，我梦见我正在骑马。马在喝水的时候，两只前蹄自然而然地脱落了。马吃掉了自己掉落的两只前蹄，接着，它的脑袋又从脖子上掉了下来，马头不停地转动，想再回到脖子上接合回去。梦中的我想，这匹马会再长出一个新头的，先长出来一个像成形的胎儿一样奇怪的东西，然后慢慢长成一个完整的马头。

23

那天，我梦见自己顺着梯子往上爬，从手中掉下来三枚戒指：第一枚是之字形的银戒指，是戴在大拇指上的扳指；第二枚是链条形状的戒指，是戴在中指上的；第三枚戒指是安吉拉·F. 的，上面镶嵌着一枚蓝色的宝石。

24

那天，我梦见自己还是个孩子，观看着一个女人自杀前的准备工作。女人穿着一身宽大的罩袍躺在床上。我看出，她身处东方的某个城市，在一家朴素小旅馆的房间里，床上悬着一面红白相间的旗子。女人手里拿着一串念珠，怀里抱着一杆猎枪。她死死地盯着我，我觉得她在指责接下来要发生的事情都是我的错。我本以为女人只是假装要自杀，但是突然间明白过来，她是真的要自杀。在把猎枪举起来对准自己的嘴巴之前，女人给了我一张照片，是胡安·多明戈·庇隆和庇隆派抵抗运动组织的高级领袖们的合影，她对我说，这张照片是在他们所有人互相开枪之前拍的。照片上，那个女人赫然在列。

/ 22 /

那天，我梦见自己梦见了"verschwunden"（失踪的人）和"Wunden"这两个词之间的联系。其实德语里并没有"Wunden"这个词，它是"Wund"（伤口）在某些语境下的复数形式。除了这个以外，我还梦见了"verschweigen"（沉默）和"verschreiben"（开药方）这两个词。

/ 11 /

那天，我梦见自己回到了阿根廷平原上，去参加一种叫"小驯兽师"的大众游戏。是这样玩的：参加的人想办法让猴子钻进陷阱，也就是一口井里，然后再向井里填土，直到把猴子全部埋起来，只露出一个头。接下来，人们再放出一只更凶猛的动物，一般是一只狮子。人们打赌看猴子是否能从陷阱里脱身；如果有幸逃出生天，再看猴子是否能有机会反杀狮子。只有极少的情况下，猴子能成功，但是在任何情况下——不管它能不能脱身，能不能打败自己的对手，当它发现自己的表现和围观取乐它的人、和以这种方式消遣娱乐它的人的表现一样时，它便会放弃自己的性命。

/9/

那天，我梦见自己在德国"节拍器"铁路公司的列车上认识了一名女子。她的体外长出了一个子宫，里面孕育着一个胎儿，与她仅仅依靠脐带相连。如果有人想看，女子就会从包里拿出随身携带的子宫：有一只鞋子那么大，里面的胎儿已经有感情，还能够做出反应，但是其中的含义只有母亲才知道。我走向车上的女检票员，问她怎么才能到一个叫"莱默多夫"或者"莱夫多夫"的小镇，但是她对我不理不睬。后来，我来到一个名叫纽斯塔特的工业城市的车站，从车站大厅里就能看到城市里工厂遍布，烟囱林立。这时那个女检票员走向我，对我说，要去莱默多夫或者莱夫多夫有两种办法：要么坐公交车，坐到另一个镇子中转，然后再换乘另一辆公交车；要么就给车站门口的一个乞丐有毒的食物。那一刻我明白了，不管叫莱默多夫还是莱夫多夫，我要去的这个德国北部的小镇其实就是地狱。

26

那天，我梦见自己学会了一个揣摩人心的方法：两个人互相往对方嘴里吐口水，口水就是传播自己计划和想法的媒介。

3

那天，我梦见我到阿尔瓦罗·C. V. 工作的博物馆去拜访他。博物馆所在的那栋建筑让我想起巴塞罗那的一所设计学校。我开始在各个展厅间来回穿梭，寻找阿尔瓦罗，而我发现每一个展厅都各不相同，每间都有牢牢吸引我目光的展品。一个展厅中放置了一个玻璃橱窗，里面展出的是瓜做的活塞，旁边的说明指出，这些瓜活塞能发出语言无法描述的声音。转过一个回廊，我终于找到了阿尔瓦罗，他陪着我一起走出了博物馆，但是我的心思还停留在那些展厅里。我知道，在我弄明白那些像活塞一样的东西到底是什么，到底应该怎么样用语言去形容那些声音之前，我的心思都不会再回来了。过了一会儿，我回到博物馆，观察了里面正在进行的两项实验。在第一项实验中，实验者们捉了一只猫，把它浸泡在树脂溶液中，之后又给它身上围了一圈硬纸板。做实验的女研究员向大家保证，实验是为了研制出一种天线，只要在家里装上这种天线，无论外面的电视或者广播信号多弱，家中都能有信号。在她的身边，那只被用来做实验的猫一直在颤抖，不停地喵喵叫，但是一点一点地，猫不动了，也不叫了。裹在身上的硬纸板让它无法呼吸。最终，猫的脑袋无力地垂在像管子一样包裹在它身上的硬纸板上，天线却还立着没倒。接下来实验者们又抓了一只小猴子，也像刚刚一样，把硬纸板套在猴子的脖子上，活像十七世纪的人们穿的轮状皱领。这时实验者们开始一根一根地剪断猴子脖子上的肌肉，同时研究多久后这些肌肉才会停止运动，分析这只猴子要过多久才知道到底发生了什么，猜测应该最后剪掉哪块肌肉、哪根血管，才能让猴子尽可能地多活一会儿。我知道，实验者们在猴子脖子上戴的那个纸筒是为了阻挡猴子的视线，不让它看到到底发生了什么，这样猴子就不会因为害怕而发狂。但是猴子发出低低的惨叫，慢慢地，叫声越来越不清晰，它脸上的表情让我明白，其实它心里非常清楚实验者们在做什么，而且能清晰地感受到。慢慢地，猴子的两条腿不动了，然后两只手臂变得僵直，再后来它的肺停止了呼吸，最后，它脸上的表情凝固，变得好像一只惊恐的面具。原先有一根红线一样的粗血管连接着大脑与脖子下面身体的其他部分，这时实验者们把这根血管剪断了，猴子死去了。

/ 22 /

那天，我梦见我在罗马的一个小旅馆里看电视，电视节目讲的是塞尔维亚总理克兰·D. 的夫人。总理夫人姓"考尼奥"，据说这个词与阴道或是俄罗斯黑手党有关。

/ 30 /

那天，我梦见一个名叫克拉拉的疯癫女作家。在克拉拉身旁，一位心理学家正在帮助她拒绝一群纪录片工作者的采访，嘴里不停地重复着"折磨"这个词，直到克拉拉站起身来，把一只白色的金属盘子放在座位上，告诉所有人这个盘子就是她本人。之后，克拉拉用指甲在水泥地上写了一个物理公式就离开了。接下来的几天，克拉拉拒绝进食。我坚持认为，女作家克拉拉的所作所为是想要表达自己的愿望，是想要食物，她按照自己能理解的方式做出了相应的举动，就好像我们想吃西瓜的时候是想要摄入水分和糖。但是其他所有围观者都不这样想。无论如何，那些物理公式——公式计算的是地球和太阳的比例关系——永远都不可能是一种请求，而是女作家克拉拉在死亡之前向我们揭露的一个事实，她缺乏食物，也缺乏进食的意愿。

/31/

那天，我梦见自己和父亲正一起看电影。我们和电视机中间有几只被脱下来的鞋子，我觉得应该是我的。电视上正在放广告，画面里是孩子们做的小手工飞机。广告播放完后，出现了一则手写的公告：我们就是我们语言的全部；当我们中有人死去时，他的名字也死去了，我们语言中很小的但很重要的一部分也死去了。正因如此，也因为我不希望我们的语言变得衰弱，我决定一直活到有新的词语前来的时候。这则公告最后的签名模糊不清，只能看清楚三个接连出现的年份：一九七七年，二〇〇八年和二〇一〇年。父亲转向我，对我说道："二〇一〇年就是没有一九七七年的二〇〇八年，一九七七年是反过来的二〇一〇年。不要怕，没有什么可怕的。"我回答他说："我不怕。"父亲把目光重新移回到电视屏幕上，说道："可是我怕。"

第四部分

我们是幸存者，我们超越了其他人的死亡。没有别的解决办法。除了传承，没有别的解决办法。可以是任何东西，一栋房子、一种性格、一个社会、一个国家、一门语言。之后还会有别的人加入；我们也是即将走向死亡的人。我们拿这笔遗产怎么办呢？

——马塞洛·科恩

1

当我醒来的时候，母亲脸上的表情十分严肃。她向我走来，样子犹如穿过夏日里升腾震颤的热气。外面正下着雨，前一天我从博物馆回来的时候，雨就开始下了。母亲脸上的表情仿佛是对眼下这个荒谬情况的最好总结：她的丈夫和儿子都生病了，但没有人知道该怎么办。就像我过去每次生病时都会做的一样，我给妹妹打了电话。"你妹妹现在在医院呢，"母亲回答说，"但是昨天一整天她都陪在你身边。"母亲往我额头上放了一块湿毛巾，问道："你去博物馆看你父亲了吧？"但是没等我回答，她就自己说道："我已经猜到了。"然后她转开了那张已经泪流满面的面庞。

/2/

窗外，雨依然下着，雨水渗入空气，仿佛要将其吞噬，并裹挟到天地之间形成的厚重雨帘背后的某处，那是我的肺部呼吸不到的地方，也是我父母、弟弟和妹妹的肺部不可及的地方。虽然空气里水汽氤氲，但我的感觉却是水抽干了空气，将空气带走，留下来的空隙并没有被水填满，而是盛满了另一种介乎两者之间的物质，由悲伤、绝望以及一切任何人都永远不想面对的东西组成——比如说，父母离自己而去——然而它们永远都在那里，在那个一直下着雨且让你无法挪开视线的童年场景里。

/4/

当弟弟端着一杯茶出现的时候，我问他："现在是上午还是下午？"弟弟说："挺晚的。"我又问："你是想说现在时间不早了，还是想说现在到下午了？"但是我把这个问题问出口时，弟弟已经走远了。

5

"是上午还是下午？"我又一次问道。这次，弟弟手里端着一只碗，碗里盛着他煮的汤。"是晚上。"他说着，用手指了指外面。他对我说，母亲和妹妹都在医院里陪着父亲，她们都会在那儿过夜。"那这么说，就是你来照顾我了。"我对弟弟说，努力让自己的语气听起来风趣一点。弟弟回答道："我们看电视吧。"说着，把放电视的小桌子拉到了他自己身后。

我喜欢和弟弟一起待着消磨时光。我已经开始退烧了，但是想要长时间地聚焦眼神还是比较困难，所以当弟弟在地方电视台的几个频道里换来换去，找他觉得适合今晚看的电影时，我把视线从电视上移开了。有一会儿，他停在了一个节目上，里面几个警察正在首都布宜诺斯艾利斯郊区的一个贫民窟里追击罪犯。这个节目的音效不太好。当然了，现场录像的场景和条件都相当差，充斥着连续射击的声音，时不时还受到恶劣天气的影响，而且，自从我离开布宜诺斯艾利斯，本市的语言仿佛变了不少，节目里面那些人说的话我什么也听不懂。警察说的话我也听不懂，但是节目只在贫民窟里的穷人们说话时配了字幕。我不禁想了一会儿，什么样的国家会只给穷人说的话配字幕，就好像他们说的是某种外语一样。

/ 7 /

最后，弟弟停在了一个频道，里面刚刚开始播放一部电影。影片里，一个年轻人出了一场不是很严重的事故，需要住院几天。等回家以后，出于某种原因，年轻人认为自己的父亲就是自己所遭受的这起事故的始作俑者，因此开始跟踪父亲，远远地观察他，一直与之保持着距离。父亲的行为没有任何危险之处，但是儿子却总是以特定的方式分析他的一举一动：在儿子的想象中，父亲的所作所为都与一桩谋杀案息息相关，比如，父亲走进商店试穿了一件外套，儿子便会想父亲以前从来不穿这类衣服，之所以故意这样选择，是为了乔装打扮去进行犯罪活动；再比如，父亲在理发店查看旅游手册，儿子就觉得父亲在寻找谋杀某人之后的潜逃地点。而且他始终坚信，父亲意图谋害的对象不是别人，正是自己。但儿子还是爱着父亲的，并不希望父亲遭受牢狱之灾，他开始步步为营，想了许多办法，一点点说服父亲不要去实行他想象中的那桩谋杀案，或者阻止父亲真的动手。儿子把外套藏了起来，把父亲的护照放在洗手池里烧掉，又用小刀割坏了父亲的旅行箱。而父亲却不明白，为什么生活中会出现这么多无缘无故的倒霉琐事：他新买的外套不见了，护照不见了，家里的旅行箱全都坏了。父亲又惊又气，本来生性乐观开朗的他由于种种不顺心渐渐变得暴躁起来，而且，也不知道到底为什么，他觉得身边又出现了一些难以言喻却又无比真实的征兆，像一场确实会有但不知何时才到来的暴风雨，提醒着他有人在跟踪监视自己。在去上班的路上，他总是不由自主地观察地铁同车厢其他乘客的脸；走路的时候，他会在每个拐角都转弯。父亲从来没有看见过自己的儿子，但是儿子一直都在看着父亲，这让父亲的神经更加紧绷，心头的怒气和焦虑越积越多，结果离犯下罪行越来越近。一天，父亲把自己的忧虑告诉儿子，儿子却劝他说："不要担心，这些都是你的幻想。"但是父亲依然无比紧张焦躁。那天下午儿子像往常一样跟踪父亲，却震惊地发现父亲买了一把手枪。晚上回到家，父亲把手枪拿给妻子和儿子看，三人当时就吵了起来。妻子从很久以前就开始怀疑丈夫的行为，想要把手枪抢走，两人争抢的过程中，儿子也参与了进来，但却不知道说什么，最后他大叫一声，冲到父母中间夺下了手枪。就在那一刻，手枪响了，子弹击中了母亲，母亲当场身亡。看着倒下的尸体，儿子终于明白，他的想法既是对的，也是错的。他早就预想到会有一桩杀人血案，但没想到的是，真正的受害者并非他本人，而且，他更没有想到，凶手并非父亲，而是他自己，父亲不过是他夸张的想象中的一件工具，与这桩杀人案毫无关系。先前一个又一个事件的累积最终导致了犯罪的结果，一连串的事件都是真实发生的，但又都是错位的。电影结束了，我发现弟弟已经坐在我身边的椅子上睡着了，我不想吵醒他。电视上现在播放着酸奶和汽车的广告，光影照在我的脸上，久久不熄。

/ 8 /

"前天晚上你说胡话了。"第二天早上，妹妹给我端茶的时候这样告诉我。她问我还记不记得自己当时梦到了什么，我还记得两三个梦，就给她讲了讲。妹妹说她不喜欢我的梦，每个梦里都有动物死去，但关于父亲的那个梦倒是还好。"我不是为了让你喜欢才做这些梦的。"我回答道。妹妹笑了笑:"从前父亲送我们上学的时候,你总是给我们讲你做的梦,你还记得吗?"我摇了摇头。妹妹继续说:"父亲会先出门,把车启动起来,然后我们才出门。我们上车,坐在后座上,你就给我们讲你前一天晚上做的梦。你总是会梦见死去的、饱受折磨的动物。""我一直不明白为什么他要先出门去发动汽车,"我说,"一点也没这个必要,不管怎么样他都是要等我们的。"妹妹看了看我,就好像听不懂我刚刚说的话一样,或者就好像我是电视节目里的边缘群体,说着穷人的语言,迷失在一个不属于他们的世界。"我真的不明白,你怎么能什么都不记得了。那个时候,到处都有记者被杀害,有人会在车上安放炸弹,很多记者就是这样被炸死的。父亲每次都自己先出门发动车子,就是为了自己一个人承担所有的风险,为了用这种方法保护我们。我真的不敢相信,你竟然都不记得了。"她说。

/9/

一时间,我曾经试图忘记的事情以一种空前强烈的方式又重新回到我面前，它们并不像那些整理好之后便再也不会被翻阅的模糊照片一样在眼前匆匆掠过，而更似我过量服用药物后看到的消防车，带着摧枯拉朽的力量出现在我的面前。往事就在那里，解释了一切，诠释了我因为身不由己地无法斩断与过去的联系而产生的恐惧，仿佛在过去，我们居住的这个国家就名为"恐惧"，它的国旗上就有一张因为惊恐而变形的面庞；往事就在那里，说明了我对童年居住的这个国家的怨愤，以及我离开的原因——远在搬去德国之前，一场自我放逐就已开始，我早早计划，最终也如愿以偿地忘记了一切。自己和家人所经历过的特殊情况曾让我觉得自己永远不会回头，早已无家可归；但是在这一刻，我又突然醒悟，我还是有家的，这个家承载了太多的回忆，这些回忆将永远伴随在我的左右。我感到自己就像儿时和爷爷一起折磨过的愚蠢的蜗牛。

/ *10* /

小时候，父母严令禁止我把别的小朋友带回家来玩。如果要独自一个人上街，我必须逆着车流的方向走，而且要特别注意是不是有车停在我身边。我的脖子上总会挂着一块小牌子，上面写着我的名字、年龄、血型和紧急联系电话，一旦有人想要把我掳上车，我就要把这块小牌子扔到地上，用尽全力大声喊自己的名字，有多大声就多大声，能喊几次就喊几次。不许踩街上的硬纸板。不许把在家里听到的任何事情说给任何人听。家里有一面盾牌，是我父亲画的，画面中，两只手紧握在一起，拿着一个头上盖着顶女士帽的锤子样的东西，底下是天蓝色和白色的背景，边上还围着一轮初生的旭日和几枝月桂。我知道这是庇隆主义的标志，但是不能和任何人说，也必须忘记这标志背后的含义。过了很久很久，直到此时，我才第一次回想起这些曾经的禁忌，设立它们的唯一目的就是在那段恐怖横行的岁月保护我，保护弟弟和妹妹，保护他们所有的孩子。父母好像已经忘记他们曾经设下的这些禁令，但是我没有。当我记起往事的时候才想起来，就算远在那座德国小镇，就算连我自己都没意识到，我还是延续了儿时的习惯：当我踏着想象中的路线前往我要去的地方时，我永远是逆着车流的方向前进。

关于蜗牛：以前我和爷爷会给蜗牛壳涂上颜色，有时还在它们的壳上写点什么。有一次，爷爷在蜗牛壳上写了点打招呼的话，署了自己的名字，然后把蜗牛放在地上让它走了。很久以后，有人将这只蜗牛送了回来。当时它已经走出去好几千米了，这对于那时尚且年幼的我来说是一段很长的距离，而对于蜗牛更是几乎一辈子也走不到的距离，因此我一直记得它的壮举。在很长一段时间里，这也让我觉得，也许每个人都是要回家的，即便离开时将一切带在身旁，即使并没有再次回来的理由。于是，我决定永远不再回来，也坚守了儿时的这个诺言，一直生活在德国的雾气和药物之中，如今虽然种种状况最终让我不得不回归，但我回到的并不是父母想让我热爱的那个名叫阿根廷的祖国，而是一个我自己幻想中的国度，那个我的父母曾为之殊死奋战，但从未存在过的国家。明白这一点后，我也反应过来，并不是药物的副作用使我无法回忆起过往，其实正相反，是这些往事本身让我产生了给自己下毒的念头，以期忘记一切。直到这时，我才决定回忆起一切，为了自己，为了父亲，为了我们父子二人都曾离开家到外面的世界去奋力寻找过的东西，是它将我们紧紧地联系在一起，哪怕我们并非有意如此。

/ *12* /

　　我的父母曾经参与过一个名叫"铁血护卫"的政治组织。这个名字听上去不太吉利——它和两次世界大战之间成立的一个罗马尼亚的组织重名[①]，除此之外二者毫无共通之处——但它实际上是一个马克思列宁主义团体，后来则因为种种原因成了一个庇隆主义组织，不过，组织内成员的思维方式还是马克思式的，就连像父母这样在"铁血护卫"已经从马克思主义变为庇隆主义以后才加入组织的成员也是一样，或者至少可以说他们奉行的是历史唯物主义思想。这个组织的大部分成员都并非出身于庇隆主义的家庭，因此，他们努力探究这究竟意味着什么。他们跑遍了庇隆政府推行史诗般的收入分配政策的街区，那里的人依然保留着对繁荣时期、家长制权威的记忆，抵抗运动也依然深入人心，父母所在的组织在消亡之前也为之做出了贡献。这一点与另一个名为"游击队员"的组织不

---

① 即罗马尼亚法西斯主义组织"铁卫团"，正式成立于1930年，1941年解散。

同："铁血护卫"一度差点与之合并，但并不认同革命的进程已准备就绪的观点。"铁血护卫"选择了走出去，在底层阶级的反抗经验下开展革命，成员们从不将理念做法强加于人，而是努力学习经验。另外一个根本性的区别在于是否排斥武装斗争道路，两大组织经历了长时间的争论，"铁血护卫"的决定是，除自我防卫外绝不主动使用武力。我猜，正是得益于这个指导精神，父母和他们的许多朋友才得以死里逃生，我也间接地因此保全了性命。自此以后，"铁血护卫"提升影响力的主要工具就是文字和辩论，虽然众所周知，话语的效力是最弱的，不过它还是起到了一定的效果：在相当长的一段时间里，"铁血护卫"是最有影响力的庇隆主义组织，也是唯一一个真正深入到中产阶级及其下方去的组织，但他们最终发现民众并没有改变的意愿。"铁血护卫"组织的宗旨是创建一个"环境的大后方"，建立一个以物质资料为基础的社会，以此取代一九五五年以来这个国家饱受军政独裁控制、毫无政治法度可言的状态；"铁血护卫"认为，建立权力的基础是要考虑实际问题，并避免使用武力，后者只能作为权力交替中非主要手段或引发群众情绪的因素存在。然而，"做一个绝对的庇隆主义者"渐渐成为一个陷阱，因为首先，庇隆死后，接替他的是一个无知的女人外加一个生性暴虐、极度痴迷于各种黑暗艺术、人送外号"巫师"的嗜血杀人狂[1]，而出于对庇隆的绝对忠诚，组织无条件地接受了这样一个政府，被带进了死胡同。主将已死，手下的军队将何去何从？自然是走向消亡。庇隆生前声称，他"唯一的遗产"就是人民，而"铁血护卫"虽深入人民，如同鱼在水中，但同时又挖渠设岸，划分界限。显然，如果没有鱼的存在，水就根本没有意义，如果没有水，鱼的存在也没有意义，两者相辅相成，如果一个消失，另一个就也将不复存在。因此，当庇隆死后，"铁血护卫"也就逐渐解体，没有能力拿起武器，用鲜血和生命保卫庇隆的遗产。但是，这挽救了父母和我的生命。父母的朋友中有人选择加入其他的组织继续完成使命，但最终要么被杀害，要么下落不明，还有的人离开了阿根廷远走他乡。然而，那些活着留在祖国的人也生活在痛苦之中，艰难地适应新的社会，承受着心灵的自我放逐：他们曾经参与的那场革命最终以失败收场，独裁的阴影很有可能将永远笼罩这个国家。于是，继续奋斗的人和被命令继续奋斗的人全都惨遭毒手，父母却以他们自己的方式活了下来：父亲继续当他的记者，母亲也是，他们继续抚养儿女，为他们留下遗

---

[1] 指庇隆的第三任妻子伊莎贝尔·庇隆（1931—　）和庇隆政府的要员何塞·洛佩斯·雷加（1916—1989）。

产，也对他们发号施令。父母留下的这种遗产和命令脱胎于曾经的社会变革和群体意志，在我们成长的这个充斥着狂妄、轻浮和溃败的时代，显得那么不合时宜。

/ 13 /

我出生于一九七五年十二月，也就是说，我母亲是在那一年的三月左右怀上我的，这个时间，是在庇隆去世不到一年后，在父母所属的"铁血护卫"土崩瓦解不过几个月的时间之后。我总是喜欢问我认识的人他们是什么时候出生的。如果这个人是阿根廷人，又是一九七五年的十二月出生的，我就会觉得我们有共同之处，因为我们都是在那个年代出生的，我们是父母惨遭革命的挫败之后，上天颁发给他们的安慰奖。父母的失败赋予了我们生命，我们也对父母有所回馈：那个年代，孩子就是一个绝佳的展示板，是一个毫无异议的信号，表示某人选择了常规的生活方式，远离了革命运动。在检查站里，在突袭检查住宅时，有一个孩子可能就意味着生与死的区别。

14

一分钟。一分钟可以是一个谎言，是父亲和他的同伴们一直以来为应对被捕编造的一套说辞；如果这一分钟足够好，足够令人信服，也许他们就不会被当场杀死。好的一分钟和一个好的故事一样，应该是简单明了的，包含种种并不必要的细节，因为生活就是富含各种多余的细节。一个能将自己的故事从头到尾完整地讲出来的人一定会被惩罚，因为这种行为特征，这种能够毫不迟疑地讲述故事的能力在人群中并不常见——对搜捕者来说，这种特质本身就是说谎的证据，这样讲出的故事自然也就像外星传说或幽灵之谜一样不可信。而在那个年代，一个孩子就是这样的一分钟。

15

自然，这一分钟也无法用连续和线性的方式讲述，我猜父亲也知道这一点。他对我说，他想要写一本小说，但不能用既定的方式去写。而如果我那么写了，表达出来的东西和父母所思所做也会相去甚远：用什么样的方式讲述他们的故事，等同于我们会如何回忆这个故事，如何去回忆他们，也在讲述中带出其他问题——当父母他们自己都不知道该怎样叙述他们身上发生的故事时，我又该以怎样的方式去书写这一切？怎样以个体的经历讲述一个群体的故事？应该如何讲述他们的故事，而不让人觉得他们成了一段集体历史里的主角？而他们又该在这个故事中占据什么位置？

/ 16 /

在父母家中，我找到了几本讲述他们组织的书，留下的相关介绍资料并不多。接下来的几天，我在医院读完了这本书，同时等着有人给我送来消息，好消息也好，坏消息也罢，它们最终会给这段不确定的时光画上句号，一段隔绝于时间之外的时光，自从父亲病倒的那一刻起就停止了流淌。在这些书里，我找到了一些信息。从前我只是通过父母的故事和自己心中对恐惧的感受模模糊糊地知道一点的事情，被书里面写的东西补充完整，我将其记录如下。

1. 罗马尼亚的"铁卫团"是一个宗教偶像崇拜

组织，建立在两次世界大战的战间期极端右翼的政治思想上，是一个极度反犹的组织。创立者为科尔内卢·赛莱·科德莱奴（生于 1899 年 9 月 13 日，卒于 1938 年 11 月 30 日）。

2. 其实，我的父母最早参加的是"全国学生阵线联盟"（FEN）。这是一个马克思主义组织，通过 1972 年初创立的"全面整合流通组织"（OUTG），与秉承东正教庇隆主义的"铁血护卫"合并。

3. 事实上，"铁血护卫"的领袖一直是一个列宁主义的偏执少数派。

4. 从这个角度讲，"铁血护卫"的对立面是人道主义者和天主教徒。无论在什么时代，在什么样的社会背景下，选这两者作为对立面都不会出错。

5. 所谓的抵抗运动其实是一次派别众多而彼此分散的社会运动。1955 年 6 月，胡安·多明戈·庇隆溃败并被流放，此后其政治势力被驱逐出境，各种庇隆派运动和组织都无法再使用"庇隆"的名号以及他的肖像，作为回应，抵抗运动应运而生。运动的活动方式主要集中表现为破坏工业、罢工和自发动员活动，最为活跃的时期是 1955 年到 1959 年间，当时的活动领袖是约翰·威廉·库克。

6."铁血护卫"和"游击队员"两大组织的合并在 1971 年引发了长期争论,合并其实是出于实际性考虑,即为"铁血护卫"提供武装力量,同时为"游击队员"带来更多的控制区域和组织成员。在全盛时期,"铁血护卫"的势力范围高达三千个"街区",拥有一万五千名战士和社会活动者。我觉得,父亲应该是战士,母亲则属于后者。

7. 这样来讲,该组织的老成员们应该都还记得,在边缘地区组织暴动和宣传活动是他们当时的主要任务,这也成为培养他们成长的学校。

8. 该组织的初代成员们似乎曾经幻想过在阿尔及利亚或者古巴接受军事训练,但是胡安·多明戈·庇隆本人却打消了他们的这个念头。

9. 两大组织还有一个区别是,"铁血护卫"的领袖从来不会放弃自己的追随者,也不会强迫手下成员为了某个他们不再相信的想法去牺牲自己。但是,"游击队员"却正好相反,在转向地下秘密活动后,该组织的战士毫无保障,变成了明晃晃的活靶子惨遭杀害。

10. 有时,人们也把这种行为叫作"对庇隆主义的战略保护"。

11. 更具体点讲,这些人的政治理念是团结各行各业中的庇隆主义者——如果换成父母比较喜欢的方式来说，这个理念大概相当于，团结"全体人民"，前提是这些群体（根据组织的判断）已经具有政治和革命的觉悟，无须再去动员教导，以防过激。

12. 也许从很久之前起，对于"铁血护卫"来说，当行动后的反思的重要性已经远远大于行动本身时，组织的指导思想就已经走进了死胡同。正因如此，在1973年6月20日，庇隆原定前往埃塞伊萨国际机场的计划流产时，"铁血护卫"的立场已经宣告了该组织的未来："铁血护卫"最后困在了与辛迪加主义紧密相连的庇隆主义右翼分子以及以"游击队员"为代表的左派人士之间，因此，也该到退场的时候了。

13. "铁血护卫"组织最终在1974年7月到1976年3月间解体。在这将近两年的时间里，该组织的领袖们曾试图最后一次履行其相当实用的制度条例；此外，这段时间里，组织的讨论了是否有可能发动一场紧急政变，联合各方力量参与，以保存组织成员的力量。有些成员还记得，在领袖向他们宣告组织解体的最后一次大会上，有人要求他们填报姓名和住址信息，甚至有成员信誓旦旦地说，这些信息被交到了海军手上，而这挽救了所有人的性命。

14. 事实上，该组织的解体对于阿根廷或任何一个国家而言，都是一个绝无仅有的政治事件。很难想象一个这样的组织能够在十多年的时间里——从1961年到1973年——致力于扩大实力，但是在主将去世后，却放弃使用自己苦苦积攒下的力量。

/ *18* /

回忆这些往事时，我那多年以来被中断的记忆又开始重新恢复正常，但仍未回到线性连续的状态：画面和往事汹涌倒流回来，过往的观察和行为让我不可能全然地活在此刻了，这自然令人不适而悲伤，但回忆也无法将我完全带回过去。自然，在我还能记得的事情里，有说不清的一部分是经过粉饰的，或者是编造的。但是，有人曾经这样告诉我，一件事的起因中有多少假想的成分其实不重要，因为由它所引发的后果永远是真实的。对于我来说，过往的一切所引发的后果就是深深的恐惧，还有一连串的回忆。多年以来我不断将之拼凑拾起，不管我怎样努力忘却，它们依然在我的脑中挥之不去。这对于我来说无异于一个启示——降临在我家乡医院的走廊上，出现在这个我永远都不想回归的国家里，发生在我一生中前所未有地想要紧紧地抓住父亲双手的那一刻，浮现在一间医院的病房里，显露在这样一个我终于开始明白父亲究竟是一个怎样的人的地方——对于我们所有人来说，尤其对于我和对于父亲来说，一切都已经太迟。

/ 19 /

其中一件我尚且记得的事情是在那个学生与工人并肩作战的年代，父母的朋友们在风起云涌的某萨里奥市的故事。胡安·多明戈·庇隆在流亡马德里期间录制的讲话录音带通过这样抑或那样的秘密渠道偷偷传回了国内，传到"铁血护卫"成员的手上，又经他们之手流传到阿根廷的大街小巷。我"记得"的并不是录音带里的内容——我觉得，父母的朋友们业已将其忘记——而是录音带的样子：装在磁带盒里的录音带，还有用来转录的仪器。我还记得其中一台机器，颜色是黑白相间的，我小时候用过它，经常不好用。我还记得一个倒置的蜘蛛形的纪念碑，父母和他们的朋友们叫它"柑橘"，建在工人以及社会边缘人群聚居的社区，旁边是一条被污染的小溪，里面常有怪鱼出没。我还记得"铁血护卫"存在时期的故事，记得成员们个人生活的故事，记得父母的一位朋友，一位女士，因为与敌对组织成员有染而被审判，最终被逐出组织。我记得几起背叛，其他人在讲起的时候总是觉得既不堪又困惑，还残留着对曾经同伴们的些许同情。还记得一个数字，一百五十，据人权组织统计，在非法镇压时期，"铁血护卫"中曾有一百五十名成员牺牲。记得有一天，母亲曾向我解释如何布置街垒、如何让无轨电车脱钩、如何制作"莫洛托夫鸡尾酒"[①]。无论是真是幻，我都还记得父亲给我讲过他曾以记者身份被允许参加庇隆抵达埃塞伊萨的讲话（这一部分可能是真实发生的），突然间有人开枪，父亲躲进了专门为乐队准备的乐池里，躲到了低音贝斯箱的后面，也许这一部分是我想象出来的。我还记得母亲给我讲过她参加的一次游行，以欢迎庇隆一九七二年的第一次回归，当时，她蹚过马坦萨河，河水及腰，水流湍急，腐臭刺鼻，母亲身上穿的那条白裤子最后不得不被扔进垃圾堆里。还有母亲给我讲的关于她自己和朋友们送别庇隆的故事，一九七四年七月一日，人们在能淹没眼泪的冰冷雨水中排起长队，送这位伟大领袖最后一程，不断有人赶

---

① 即汽油瓶燃烧弹。

来，把食物和咖啡送给那些在风吹雨打中等待告别的年轻人们——就像他们曾向我描述的那样，那是从未有过的疾风与苦雨；之后，大家坐上返程火车，车上有几扇窗户坏了，冰冷的风雨倒灌进来，随之而来的还有接下来几个月、几年时间排山倒海而来的死亡，那种悲伤、哭泣和一切都已终结的感觉。我还记得父母有一次给我讲述一位朋友的牺牲故事。那位朋友死在一九七六年一月，生前曾将母亲带到我爷爷奶奶的家里藏起来。一到那里，父亲就对她说，如果一个星期之内还没有他的消息，就不要来找他了，就一直待在那里，待在三叶草市里，和我的爷爷奶奶住在一起。他让母亲闭上眼睛熬过那周的每一天。从小我一直以为，父母并不知道面对所发生的一切时那种无力和恐惧感到底是什么，然而后来我才明白，父母比我想象的要更了解那种感觉，他们与之共存，与之抗争，并在其中抚养我们，就好像把一个刚出生的婴儿托举在医院产房的半空，让孩子呼吸环绕着并将一直环绕着自己的空气，这样才能够活下来。还有，在那个年代，"缺乏组织"意味着缺乏边界和失去方向，意味着维系情感和友谊的纽带断裂，组织中的成员也不能冒着危险互相探望彼此，因为这样的举动相当于有再次发动斗争的意图，"缺乏组织"就意味着孤独和寒冷。除此之外，个人生活中的规矩也让人印象深刻，尤其是对当时还是孩子的我们而言：不能有任何庆祝活动，使用电话的时候要特别留神，要执行严格的分隔措施，父亲每天早上先去车里进行检查，弟弟妹妹们要手牵着手走在路上，小心翼翼地避开人行道上鼓起来的地方。我总是逆着车流行走，一旦有警车经过就连忙低下头，和父母、弟弟妹妹在一起时沉默不语。后来的情形愈加复杂——这当然是在很多年后发生的事情了——每一次父母重新遇到当年的同伴，他们的声音都明明白白地昭示着心中那些或痛苦或快乐的回忆又再次被勾起。他们感到有些无所适从，话音也会带上情绪的色彩，叫错名字，弄混一些难以对我解释清楚的事情，这些对于他们的孩子来讲可能根本无法理解，父母那一辈人之间联结的情谊、团结的精神和忠诚的态度远比现在他们之间的差异更加强大。如果我也能和一群朋友一起经历如此刻骨铭心又空前绝后的事情，我也会理解他们的这种感觉。比如——当然，听起来非常幼稚，或者可能有点像是个比喻，但其实两者皆非——我能为了一些人献出生命，他们也随时准备着为了我牺牲自己，我也会有和我的父母一样的感觉。我会记住他们的绰号，或者说战斗中使用的绰号，那些父母的朋友们曾经使用的和父母如今依然在使用的名字。

20

我还记得这样一句话，它被写在一幅极有特点的肖像上。肖像的主人公是所有阿根廷人都认识的胡安·多明戈·庇隆，有人对这幅肖像狂热热爱，也有人对它恨之入骨，但是它却能取代每个孩子在学校被迫学会画的那些国家影像，成为阿根廷最具代表性的象征之一。上面写的那句他本人的名言成了一个命令，连同着肖像一起被挂在父母的客厅里，要求我们永远铭记。我到现在还没有忘记那句话："作为一个应运而生的人，我一直觉得，没有人能够逃脱命运的安排。但是，我相信我们可以为它助力，让它变得强大，变得越来越好，直到命运成为胜利的同义词。"

面对这样的命令，我又能做些什么？我能为弟弟妹妹做些什么，能为日后认识的那些人，那些父母曾经参加过的组织里，还有其他那些组织里的战士们的后代做些什么？他们都迷失在一个一无所有又缥缈无着的世界里，他们在很久以前就被击溃，曾参与过的战役到现在我们甚至无法回忆起，而父辈们则到现在还是不敢面对——我又能为这些人做些什么？希腊历史学家色诺芬在一部军队史中曾经写道，小居鲁士夺取波斯王位失败，数以万计的希腊士兵败于沙场，不得不跨越将近四千公里的敌军土地，直到抵达当时隶属于希腊的殖民地特拉佩祖斯①才能够得到庇护，这不断遭受折磨的四千公里无疑是人们记忆中最为惨烈的一段征途之一。色诺芬记叙的这段征途进行了不到一年，而如果想要理解发生在我们身上的现实情况，就要在脑海里把这样惨烈的征途在我们身上放大十余倍，持续十余年，想象那些士兵的子女们不得不跟着他们在敌军的领土里穿越沙漠，翻过雪山，背负着无法摆脱的失败重担出生和长大，甚至连"失败并非命定，希望就在前方"这种作为补偿的记忆都不曾拥有。在色诺芬的那个故事里，到达特拉佩祖斯之时，一万士兵只剩下一半，只有不到五千人活了下来。

---

① 即今日土耳其特拉布宗市。

　　我问自己，我们这一代人要怎么做才能达到父辈的那种高度。他们身上有压倒一切的绝望和对正义的强烈渴求。他们走在前面，即使并非有意为之，也确实将一种道德要求加在了我们身上，这难道不让人不寒而栗吗？他们以麻木、笨拙甚至错误的方式捍卫着那本是正确的理想，为之献出了生命，面对已经死去的父辈，我们又怎么能够继续指责他们呢？我们有什么办法才能达到那样的高度，但又不像他们那样，打一场毫无意义、预先就知道会失败的战争，唱着绝望的、高傲的、慵懒又愚昧的青年牺牲颂歌奔赴死亡，与一个从过去到现在本质上都是保守的国家暴力镇压机器为敌？发生在父母、我和弟弟妹妹的身上的一系列事情导致我永远无法理解什么是家，什么是家庭，哪怕从表面上看起来我两者都有。有一次，父母和我遭遇了一场车祸，直到现在我都无法——或是不愿——再回忆起来：有什么东西突然出现在我们开车经过的路上，我们的车被撞飞出去，打了好几个滚，冲出了主干道，一时间，我们在田野上不知所措，大脑一片空白，感觉彼此之间唯一的联系就是这场车祸。我们的背后，一辆汽车翻倒在乡间道路旁的水沟里，车座上、草地上和我们的衣服上满是斑斑的血迹。谁都不敢回头去看，但我们必须这样去做，这也是我现在正努力去做的，此时此刻，我在家乡的医院里，握着父亲的手。

/ 24 /

一天夜里，我和妹妹在医院里聊着天，向她打听我在父亲的文件里找到的一张名单。名单上的人出现在了父亲办的第一份刊物里，我问妹妹里面为什么会有艾莉西亚·布尔迪索的名字。"这些都是三叶草市的人，"妹妹回答说，"这里面很多人都涉足政治，艾莉西亚就是其中之一。"于是我说："就是因为这个，父亲才想要去寻找艾莉西亚，哪怕事情过去了那么久，父亲还是想要找她；就因为是他把艾莉西亚带到政治这条路上的，而他还活着，她却死了。"妹妹抬手拍了拍我，然后就走了，消失在医院走廊的尽头我看不见的地方。

27

在父母的一本藏书中，我找到了几个片段，记录了有人最后一次见到还活着的艾莉西亚·布尔迪索的情况。父亲用颤抖的手握住一支铅笔画了出来：

中心警察局署、电信广播局、消防局和体育学校，所有这些机构都坐落在（图库曼省的）省会；"米格尔·德·阿苏埃那加"军火公司、教管所和旅馆位于该省省会的近郊地区；新巴维拉、路勒斯和富朗特里塔位于该省省会内部的多个地区……围了两道带着尖齿的铁丝网，有警犬守卫，建有直升飞机场和守卫塔楼，等等等等。……被捕的犯人大多被带到以上这些地方做短暂的停留，以便之后被转移到别处。经推测，最有可能的情形是，所谓的"转移"最终目的是将犯人处决。"被捕者被带到特制汽车上的'学校'里，可能是关在后备厢里，可能在后座，或者就躺在地上。所有的犯人都是这样被带出来的。就人们所知的那一点点信息来看，一旦被带到这个'汽车学校'，大部分情况下就意味着该犯人马上就要被处决了。如果有犯人死去，看守就等到晚上夜幕降临，用一张军用毯子把尸体一裹，扔到专用车上，让它载着尸体开往未知的方向。"（4636号卷宗，宪兵安东尼奥·科鲁兹的目击证词。）"我们给死囚的脖子上围一条红色带子。每天晚上都有卡车载着犯人，把他们带到刑场。"（3185号卷宗，费尔明·努涅兹的目击证词。）……就在圣米格尔市的市中心，本就已经是折磨人的拷问所的中心警察局署如今摇身一变……成了秘密逮捕所。当年，担任图库曼省警察局总长的是马里奥·阿尔比诺·兹莫曼上校……继任的是罗伯特·艾利博尔特·阿尔博诺兹警长……何塞·布拉西奥警长……和大卫·菲洛警长……军队一直通过派遣督查掌握着对中心警察局署的控制权。321安全地带的负责人是隶属第五军团的安东尼奥·阿雷切阿上校，他会定期视察中心警察局署，并亲自参与犯人的虐待过程……这里的居民总能听到受害者的怨声载道和苦苦哀求，也经常会听到子弹呼啸而过的声音，听起来好像是行刑队在杀人，实际上，也的确就是行刑队在杀人。

28

在众多的杀人地狱之一——中心警察局署，有人最后一次见到活着的艾莉西亚·布尔迪索。艾莉西亚·布尔迪索，父亲用红笔在这个名字下面重重地画了一条线，看上去仿佛是一条皱纹，又好像一道伤痕。

读完这些，我终于明白，自己曾经做过的那些梦对于父亲和我来说是一个警告或者提示。梦中，verschwunden（失踪的人）变成了 Wunden（伤口），与父亲的经历一一对应；verschweigen（沉默）变成了 verschreiben（开药方），与我的过往息息相关。我想，该到让一切终结的时候了。药片慢慢溶解在马桶的水中，将它们虚假的快乐信号传递给下水管道尽头河里的鱼儿，它们张开小小的嘴巴，开心地吞掉药物。我想，该和父亲谈谈的时候了。也许会有这样的一天，我和父亲能坐下来重新再好好聊聊，解开重重谜团。我还有一个任务，就是调查父亲到底是什么人。这将是一个漫长的工作，也许一直要做到自己当父亲的那一天，世上也没有任何一种药品能帮助我完成这件事。我也明白了，我必须为父亲写点什么，不仅仅是为了调查他究竟是一个什么样的人，也更是为了学会怎样去描写一位父亲，怎样成为调查父亲的侦探，怎样收集所有能够收集到的信息——收集但是不去评判——并将其转交给一位我不认识、可能也永远都不会认识的绝对公正的裁判。我想着那些失踪者相同的命运，以及他们家人的宿命，想着那些徒劳无功的努力：人们总是想要去补救那些根本无法补救的东西。在失踪的哥哥和失踪的妹妹之后，还暗含了另一个遥相呼应的轮回：父亲和我都在寻找一个人，我在寻找我的父亲，父亲在寻找阿尔贝托·布尔迪索，但同时，但最终，他是在寻找艾莉西亚·布尔迪索，他少年时代的朋友，和他一样属于那个年代的战士，那个做过记者，最终因此命丧黄泉的女孩。我的父亲从很早以前就开始寻找他失踪的伙伴，而我则下意识地在不久之后追寻我的父亲，这或许就是我们阿根廷人的宿命。我问自己，所有的这一切是否只不过是一个政治任务，是为数不多的能够让我们恍然大悟的事情之一——我们曾经对一个自由主义的蓝图深信不疑，而这个蓝图却在上个世纪九十年代让大部分阿根廷人坠入了凄惨的无底深渊，迫使他们说起一种没有人能够听懂的、需要加字幕的语言；一代人，整整一代人跌跌撞撞地退场，但有些人永远无法将之遗忘。上个世纪七十年代，一群年轻人参加了战斗，最后惨败而归，有人曾声称，这群年轻人的子女就是他们的大后方。而我也在思考着这个使命，思考该怎样去执行它，我想最恰当的方式是把父母和我身上发生的一切都写下来，有人会与我产生共鸣，也会开始自己的调查，调查那个对于我们中的某些人来说仿佛尚未终结的时代。

/ 31 /

一天，我接到了一通从我工作的德国的大学打来的电话。我想，那声音一定是从小巧的下巴顺着笔直的脖子一直延伸，从微微敞开的衬衣领口处传来，对方一定是坐在一个满目都是绿植、充斥着咖啡和旧纸张气味的小办公室里，因为德国所有的办公室都是这样的——那位女士对我说，我必须回去工作了，否则学校将和我终止合约。我请求她再宽限几天，给我一点时间考虑，我听到电话中自己的回音讲着一门陌生的外语。她同意了，挂断了电话。我想，我有两天的时间来做决定，但是我又想，其实我根本就没有必要考虑：我就在这儿，拥有一个值得写的故事，一个能写出一本好书的故事，因为在这其中有一个谜团，一个英雄，一个追寻者，一个被追寻的人，我从前就写过这样的故事，我深知自己还可以再写出一个来。然而，我也知道，要写这个故事，我必须换一种叙述方法，用片段的累积，用低回的絮语，用放声的大笑，用纵情的恸哭。只有当我下定决心为了我自己、为了他们、为了所有跟随我们的人去回忆往事，让它成为记忆的一部分，我才能够动笔写下这个故事。当我思考着这一切的时候，我一直站在电话桌旁，看见雨又开始下了。我告诉自己，我一定会写出这个故事，因为无论是我的父亲、母亲还是他们的战友，上一辈人所做的一切都不应该被遗忘，因为他们付出一切才有了我，因为他们过往的种种都值得颂扬。父母和他们的战友曾经做过的那些或对或错的决定已经不再重要，但他们的精神，他们的灵魂将一直在雨中不断升腾，直至占领天堂。

/ 32 /

有人曾说，有这样的一分钟，它极度渴望逃离时钟，永远都不希望自己真的到来。这就是属于死亡的一分钟，无论哪一分钟都不想成为这一分钟，所以它才要惊惶逃走，空余时钟上指针转动，露出白痴般的神情。

/ 33 /

也许真是这样，真的没有哪一分钟愿意成为某人停止呼吸的那一分钟，父亲竟然没有离我们而去。最后，不知是什么将他重新带回了人间，让他又睁开了双眼。那时我正好在他旁边，我猜他有话要说，但是我提醒道："你的喉咙里还插着根管子，你现在不能说话。"父亲看了看我，然后合上了双眼。我感觉，他终于在休息了。

/ 35 /

我最后一次去医院的时候，父亲依然不能说话，但是已经意识清醒，脉搏稳定，感觉不久就能脱离辅助仪器进行自主呼吸了。母亲把空间单独留给了我和父亲，我想我应该跟他说点什么，应该告诉他我已经发现了他寻找失踪的布尔迪索兄妹的事，而且这段往事也让我找回了曾经的记忆；我应该告诉他自己是怎样下定决心要开始回忆过去的，我如何已经做好准备去还原他和他的战友们曾经的故事，也要去重新寻回自己的故事，可又还不知道要怎么做。这时，我突然想起自己带了本书——狄兰·托马斯的一部诗集，于是我为他读了起来，一直读到从病房窗户外照映进来的灯光全部熄灭。我觉得这个时候自己可以哭了，黑暗中，父亲看不到，于是我哭了很久。不知道父亲是不是也在偷偷地落泪，夜幕之中我只能依稀辨认出病床上父亲一动不动的身形和他的双手，那双我正紧紧握着的手。等平静下来，再次恢复语言能力的时候，我对父亲说："再坚持一下吧。我们还要聊一聊呢，但是你现在无法说话，我也开不了口。可也许有一天，以这样或那样的方式，我们总能一吐为快。所以你一定要坚持，坚持到那一天到来的时候。"然后我松开了他的手，走出病房，在走廊上继续哭泣。

/ 36 /

那天晚上，在上飞机之前，我和母亲一起看了在我小时候，父亲用他的拍立得相机给我拍的照片。照片里的我已经有些模糊，而在不久的将来，我的过往也将烟消云散。父亲、母亲、弟弟妹妹和我将从人世间彻底消失，在未知的彼处，再度团圆。

37

当我们翻看着这些在指间褪色的照片时，我问母亲，为什么父亲要去寻找艾莉西亚·布尔迪索，他想要找到的到底是什么？母亲对我说，太多人付出了生命的代价：他们的同志，曾与他们并肩作战的战友，他们认识的人，他们再也没有机会认识的人，还有那些因为最基本的保密守则所以互相只知道荒谬可笑的绰号的人。不管是父亲还是母亲，都一直希望记忆中的这些人不曾以那样惨烈的方式结束生命。"你的父亲不是从来没打过仗，只是从来没打赢过，"母亲说道，"他一直幻想着，击杀我们同志的子弹能多飞一会儿，不是再多飞几米，而是多飞几千米，多飞几十年，这样，要被击中的人就有更多的时间，去做他们需要去做的事情。你的父亲一直盼望着那些牺牲的同志们能在偷来的那段时间里好好生活、写作、旅行、养育后代——哪怕孩子永远不能理解他们，之后再辞别人世。如果那些牺牲的同志活下来，可能对于革命、对于所有的信念来说，都是一种背叛。但他觉得这些都无所谓，只要人能活下来就好，因为只有活下来，才能完成事业，才能催人奋进，之前从未实现的事情才能够得以实现。但是他的战友，我们的同志，却再也没有时间去做完这些事了。你的父亲一直都希望杀死同志们的子弹赐予他们生活的时间，让他们有机会养育后代，让他们的孩子能够理解他们，跟随他们的脚步，努力去拨开云雾，了解父母曾经做了什么，别人又对父母做了什么，为什么他们还能继续活着。你的父亲一直都祈祷，祈祷我们那些牺牲的同志们从来没有被虐待过、被折磨过，从来没有被折断手脚、大卸八块，从来没有被人从飞机上残忍地抛下，从来没有在冰冷的海水中沉入海底，他们的后颈、后背和头颅从来没有被人用子弹射穿，从来都不会有人面向着怎么都到不了的未来死不瞑目。你的父亲一直都不愿意成为寥寥无几的幸存者之一，因为活下来的人才是整个世界上最孤独的那一个。对于你的父亲来说，如果有人能将这些事铭记，提笔将它们记录下来，让他和那些与他一路同行、走入历史深处的战友们的过往不被遗忘，那么死亡便不足为惧。也许就像他一直以来想的那样，他会觉得，最起码有文章传世，有点滴被文字记录下来。这段被记录下来的过往就像是一个谜团，让孩子能够去寻找父亲，最终找到答案，而且找到和他一样拥有注定会失败的理想的人。孩子会去弄明白父亲身上到底发生了什么，他到底想要什么，到底是什么造就了自己。他希望他的儿子能明白，即便这世上满是误解和失败，我们还有一场仗要打，就是为真理、为正义而战，是囿于黑夜的人们为光明而战。这场战争还没有结束。"合上相册之前，母亲如是说道。

40

有时，我还会梦到父亲和弟弟妹妹：消防车沿着地狱之路呼啸而过，而我想着做过的梦，把它们都记在笔记本上保存下来。就像七岁生日时照的那张照片一样，照片上面的我咧开缺了两三颗牙的小嘴，开心地笑着，乳牙的缺口仿佛是一个承诺，承诺我的家人们一个更加美好的未来。有时我也会想，也许我永远都讲不出父亲的故事了，但是不管怎么样，我还是要用尽各种办法去试一试。我想，就算我了解到的这段过往并不准确，甚至并不真实，它也仍有存在的权利，因为这段过往也属于我，因为我的父母和他们的有些同志尚在人世。如果这一切真的发生过，如果我不知道怎么去讲述这个故事，那我也要竭尽全力让他们来纠正我，让他们用自己的话语，用我们这些子女从未听过但需要去理解的话语讲述曾经，这样他们的遗产才算完整。

41

有一次，父亲和我深入山中，他开始教我如何通过观察树干上苔藓的状态和某些星星的位置来辨别方向；当时我们带着粗绳，他也试着教我怎样把绳子缠在树干上，然后攀着绳子上树下树；还有怎样伪装自己不被发现，怎样快速找到藏身之地，怎样在山里活动而不被人发现。当时，面对父亲教授的所有这一切，我都表现得无动于衷，觉得无关紧要，但当我看完所有的材料，合上他的文件袋时，这段记忆又浮现在了我的脑海之中。我突然明白了，尽管我很不情愿，父亲还是带着我完成了一次荒谬的游击队员游戏，他其实是在教我如何活下去。这让我不禁想，这些年来父亲想要教会我的东西还有更多，而我此前却不曾察觉。父亲看出我是个体弱多病、手无缚鸡之力的孩子，可能和他童年时一模一样，所以才一直试着想要让我更强壮、更坚强，为此，他总是在我面前展示自然界中那些最为残酷的现实，还不遗余力地告诉我，自然的本质就是悲剧的。因此，我们去乡下游玩时，总是要去现场旁观杀鸡、宰牛和屠马。在农村，这些再寻常不过了，然而却在我的心中种下了深深的恐惧，留下难以磨灭的印象。这些场景肆意展示着自然的残酷，告诉我生死之间的距离极短，可并没有让我变成一个更加坚强的孩子，而是给我留下了"恐惧"这个伴随一生的深深烙印。现在好了，既然父亲选择了这些残酷的方式让我直面恐惧，我就不用再自己费心思了。也许，父亲所做的一切是为了把我变成一个面对恐惧无动于衷的人，或者说相反，把我变成一个充分了解恐惧从而学会依靠自己去克服的人。我曾经也想到过父亲站在那口让阿尔贝托·何塞·布尔迪索丧命的枯井边的画面，我想象着自己和他站在一起。在距离一条人迹罕至的乡村道路大约三百米远的地方有一座废弃的房屋，房屋破旧不堪，天堂树、女贞树和蔓蔓杂草掩映着仅存的几堵破墙和几块砖瓦，我和父亲站在那片断壁残垣之中，两人透过枯井幽暗的井口，一起俯视井底的尸首。不仅有布尔迪索一个人，还有整个阿根廷历史上所有被抛弃、被迫害、被杀戮的同胞。他们曾试图以一种几乎是正义的暴力来抗衡一种绝对不公正的暴力，来纪念所有被阿根廷政府残害的人。正是这样的政府统治着这个只有死人为另一个死人掘墓的国家。如今我还能不时记起和父亲一起在低矮的树林里漫步。我想，那是一片恐惧之林，我们如今还未走出那里，父亲也还在指引着我。也许有一天，我们都能从那片满是恐惧的地方全身而退。

后记

从本书记述的这一切事件发生到现在，艾莉西亚·拉凯尔·布尔迪索和她的哥哥阿尔贝托·何塞·布尔迪索身上发生的故事又有了新的进展。据某萨里奥市《大都会报》二〇一〇年六月十九日刊发的报道，圣达菲省第六法院以故意杀人罪判处主犯吉塞拉·科尔多瓦和马尔克斯·布罗切洛二十年有期徒刑，以故意杀人罪判处从犯胡安·胡克七年有期徒刑。马塞洛·萨斯塔诺和路易斯·埃米利奥·布兰科撰写的报道中称，经法院调查取证，布尔迪索失踪被害一案案情如下：

6月1日（周日）天亮后不久，时年二十七岁的吉塞拉·科尔多瓦在其三十二岁的丈夫布罗切洛、布尔迪索以及六十一岁的胡克的陪同下前往乡村地区。四人乘坐一辆蓝色的标致 504，到达了距离主城区约八公里的一座废旧房屋。犯罪分子以"为一起烤肉捡柴火"为由组织了这次出行，犯罪分子和被害人平时的确经常进行这样的活动。……法院证实，当天上午晚些时候，众人路过那口枯井时，被害人布尔迪索被推了下去，下落十二米，摔到井底，跌断了五根肋骨，另造成一只肩膀脱臼，另一只肩膀骨折。三天后，布罗切洛返回此地，想确认布尔迪索是否还活着。根据法医鉴定的细节，在这三天中，布尔迪索一直饱受以上这些伤痛的折磨，直到布罗切洛返回案发现场，确认他仍有生命体征，便毁掉了井边的围栏，向井内投掷了砖块瓦砾，以及沙土、建筑废料、金属板和枯枝败叶。

"他活埋了他。布尔迪索之死令人胆寒，因为法医从其口腔和呼吸道中都检测出了泥土，由此可以推测，被害人被掩埋之后仍在挣扎呼吸。"一位参与庭审的有关人员告诉记者。尸检结果表明，被害人因"遮盖引起窒息而死亡"。

……犯罪分子科尔多瓦和布罗切洛夫妇二人从很久之前就开始利用被害人布尔迪索了。科尔多瓦假装与布尔迪索相恋，将布尔迪索此前因妹妹失踪所收到超过二十万的国家赔偿款的大部分据为己有。

通过制造虚假证明，科尔多瓦和布罗切洛将出售布尔迪索名下一处房产和一辆汽车的利益所得全部收入囊中。布尔迪索房屋中的家具和家用电器被搬走，就连布尔迪索在三叶草市俱乐部工作所获得的薪水大部分也被科尔多瓦和布罗切洛取走。……布尔迪索失踪的前一周，科尔多瓦将布尔迪索名下的房产出租给了一名化名"乌拉圭人"的男子。……布尔迪索失踪当天，科尔多瓦带"乌拉圭人"看了房子，两人随即签署了租赁合约。

科尔多瓦还认为，布尔迪索曾经购买了一份人寿保险，受益人正是她本人，因此，谋杀布尔迪索之后，科尔多瓦请求胡克将尸体从井里拉出来抛尸到其他地方，以便有人能发现尸体并确认死者身份，这样她就能去保险公司申请赔偿了。胡克拒绝了这一请求。

这起蓄意杀人案的判决过程（由圣豪尔赫初级法院刑事及相关问题法庭法官埃拉迪奥·加西亚负责）一直持续到了2008年9月。在此期间，共有十七名嫌疑犯被捕，之后又陆续被释放，警方最终将目光锁定在科尔多瓦、布罗切洛和胡克这三名犯罪分子的身上。

艾莉西亚·拉凯尔的故事则和上一届阿根廷独裁政府统治时期失踪的千万人的故事一样。相比之下，我们很难再得知有关他们的真相，但无论如何，还是有人记得这个英年早逝的姑娘。在图库曼省的联邦口头法庭上，当年的独裁者之一卢西阿诺·本哈明·梅内德斯受审时，有目击证人证实，曾经在图库曼省圣米格尔中心警察局署的秘密逮捕所中见到过艾莉西亚·布尔迪索。一九七七年图库曼警察局——当时的局长正是梅内德斯——编制的犯人名单也证实了目击证人的证词。名单上不仅有被捕人员的名字，还记录了每个人被逮捕的原因。就在一九七七年，就在图库曼中心警察局署，艾莉西亚·布尔迪索被秘密处决。同时接受审判的，还有图库曼警察局前任警长、人称"独眼"的罗伯特·艾利波特，被判终身监禁不得假释；前任警长路易斯·德·坎迪多，以参与恶性非法社会组织、非法侵入他人住宅、非法剥夺公民人身自由和侵占他人财产的罪名，被判处十八年的监禁；他的哥哥卡洛斯因为侵占一位女性受害人的房产，被判处三年有期徒刑，缓期执行；梅内德斯本人则因入户暴力行为、恶性非法剥夺公民人身自由、恶性虐待并导致公民死亡以及恶性故意谋杀被判处无期徒刑——到目前为止，梅内德斯已经因多项指控共被判处四次无期徒刑。审判中还牵涉到时年八十四岁的前省长安东尼奥·多明戈·布斯，因年事已高，疾病缠身，无法出庭；涉事的两名军方官员，即埃尔比诺·马里奥·兹默曼和阿尔贝托·卡塔尼奥，都已在二〇一〇年的三月和五月相继去世，终年分别为七十六岁和八十一岁。正因如此，人们才感到时间紧迫，正义的伸张迫在眉睫：个人的独立案件，对我们中走在前面的人的故事进行调查——这也是本书的主题——应该获得人们的关注，尽早实现。

尽管本书所记述的所有事件都是真实发生的，但是根据情节需要，有些部分也做了艺术加工，毕竟小说与证词或自传是截然不同的表现方式。故而在此，我想引用西班牙作家安东尼奥·穆尼奥兹·莫利纳的一句话："一滴虚构就决定了整个小说的色彩。"这是一句提醒，更是一句警句。读过我这部小说的手稿之后，父亲觉得有必要提出一些意见，为整个事件提供一些从他的视角出发的解读，并修正其中的某些问题。一篇题为《目击实录》的文章收集了这些解读，这也正是这本书想要引发并获得的首个回应和反馈。

我想借此机会，感谢在我撰写这部小说的过程中支持我、帮助过我的人们，感谢为我的创作提供灵感和参考作品的人们。其中，我要特别感谢爱德华多·德·格拉西亚。我要感谢莫妮卡·卡尔莫娜、克劳迪奥·洛佩斯·拉马德里，感谢蒙达多里兰登出版社的我的编辑们，感谢罗德里戈·弗莱森、阿兰·保罗斯、格拉西埃拉·斯普兰萨、米格尔·阿基拉尔、弗吉尼亚·费尔南德斯、伊娃·昆卡、卡洛塔·德尔·阿莫和阿方索·蒙特赛林，我还要感谢"波兰佬"安德烈斯·阿布拉莫瓦斯基，那个关于想要逃离时钟、永不发生的一分钟的句子就是他的杰作。我想把这部小说献给我的父母，格拉西埃拉·"雅雅"·茵妮和鲁本·阿达尔贝尔托·"查秋"·普隆，献给我的妹妹维多利亚和弟弟奥拉西奥；我也想把这本书献给萨拉，献给艾莉西亚·柯扎默，献给"安妮"·格杜里奇和劳尔·康托尔，献给他们的战友和他们的子女。我还想把这部小说献给吉赛尔·埃切维里·沃克："她对我无微不至／世上事她无所不知／她明白我要奔赴之地／只是一切都毫无意义。"[1]

---

[1] 鲍勃·迪伦《我想要你》（*I Want You*）歌词。

图书在版编目（ＣＩＰ）数据

我父母的灵魂在雨中升腾 / （阿根廷）帕特里西奥·
普隆著；苑雨舒译. —— 海口：南海出版公司，2024.2
ISBN 978-7-5735-0560-6

Ⅰ. ①我… Ⅱ. ①帕… ②苑… Ⅲ. ①长篇小说－阿
根廷－现代 Ⅳ. ① I783.45

中国国家版本馆 CIP 数据核字（2023）第 120342 号

著作权合同登记号 图字：30-2023-053

我父母的灵魂在雨中升腾

〔阿根廷〕帕特里西奥·普隆 著
苑雨舒 译

出　　版	南海出版公司　（0898）66568511
	海口市海秀中路 51 号星华大厦五楼　邮编 570206
发　　行	新经典发行有限公司
	电话（010）68423599　邮箱 editor@readinglife.com
经　　销	新华书店

责任编辑	侯明明
特邀编辑	陈方骐　吴　优　杨　初
营销编辑	郑博文　王蓓蓓
装帧设计	李照祥
内文制作	贾一帆

印　　刷	山东韵杰文化科技有限公司
开　　本	787 毫米 ×1092 毫米　1/32
印　　张	7
字　　数	115 千
版　　次	2024 年 2 月第 1 版
印　　次	2024 年 2 月第 1 次印刷
书　　号	ISBN 978-7-5735-0560-6
定　　价	49.00 元